REBIRTH ACE 리버스 에이스

REBIRTH
ACE 리버스 에이스 14

한승현 장편 소설

초판 1쇄 찍은 날 | 2017년 9월 19일
초판 1쇄 펴낸 날 | 2017년 9월 26일

지은이 | 한승현
펴낸이 | 예경원

기획 | 위시북스
편집책임 | 이규재
편집 | 이즈플러스

펴낸곳 | 예원북스
등록번호 | 제396-2012-000132호
등록일자 | 2012. 7. 25
KFN | 제1-155호

주소 | 경기도 고양시 일산동구 호수로 646-24 위너스21 II 빌딩 206A호 (우)10401
전화 | 031-819-9431 팩스 | 031-817-9432
E-mail | yewonbooks@naver.com

ⓒ한승현, 2016

ISBN 979-11-6098-463-7 04810
      979-11-5845-486-9 (set)

REBIRTH ACE
리버스 에이스
WISHBOOKS MODERN FANTASY STORY
한승현 장편소설
14
시너지
Wish Books

CONTENTS

85장 복수의 맛(1)   7

86장 복수의 맛(2)   31

87장 원정 10연전(1)   87

88장 원정 10연전(2)   129

89장 원정 10연전(3)   151

90장 올스타(1)   167

91장 올스타(2)   177

92장 올스타(3)   197

93장 인연(1)   229

94장 인연(2)   251

95장 인연(3)   287

85장
복수의 맛(1)

"카를로, 어떻게 된 거예요?"

"어깨에 너무 힘이 들어간 거 아니에요?"

3구 삼진을 당하고 돌아온 카를로 곤잘레스를 향해 로키스 동료들의 짓궂은 야유가 쏟아졌다.

타석에 들어서기 전 홈런을 예고했던 카를로 곤잘레스가 맥없이 물러났으니 경쟁자들은 신이 난 것이다.

하지만 카를로 곤잘레스는 그 장난스러운 분위기를 장난스럽게 받아치지 못했다. 신경질적으로 방망이를 내던지고는 그대로 벤치에 주저앉았다.

"괜찮아. 다음번에 담장 밖으로 날려 버리라고."

타격 코치 블랭크 도일이 웃으며 카를로 곤잘레스를 다독거렸다.

카를로 곤잘레스의 부글거리는 속내는 충분히 짐작이 갔지만 그렇다고 해서 더그아웃 분위기까지 망칠 필요는 없었다.

"네, 그래야죠."

카를로 곤잘레스도 애써 분을 삭였다. 그리고 냉정하게 삼진 장면을 되돌아봤다.

초구가 우연이 아니라는 걸 증명이라도 하듯 한정훈이 3구째 내던진 포심 패스트볼은 눈 깜짝할 사이에 타격 공간 너머로 사라져 버렸다.

카를로 곤잘레스가 이를 악물고 방망이를 휘둘러 봤지만, 공은 정말 말 그대로 눈 깜짝할 사이에 지나가 버렸다. 덕분에 카를로 곤잘레스의 방망이는 시원하게 허공만 갈라야 했다.

이 삼진 장면을 두고 로키스 해설진들은 카를로 곤잘레스의 스윙이 예전만 못하다고 아쉬워했다.

하지만 카를로 곤잘레스의 생각은 달랐다. 솔직히 전성기로 돌아간다 하더라도 한정훈의 3구를 때려낼 수 있다는 확신은 들지 않았다.

물론 그렇다고 해서 한정훈이 두려워진 건 결코 아니었다. 예상보다 공이 훨씬 위력적이긴 했지만 그뿐이다.

카를로 곤잘레스는 세상에 자신이 때려내지 못할 공 따위는 없다고 확신했다.

그건 다른 선수들도 마찬가지였다.

"저 아시아 녀석, 어깨에 힘이 잔뜩 들어가 있어."

"홈경기잖아. 2연패 중이고."

"오늘마저 지면 양키즈도 저 녀석도 곤란해지겠지."

"양키즈 언론이 좀 극성이야? 아마 한정훈을 죽이려 들걸?"

필 존스에 이어 JJ 르메이휴와 카를로 곤잘레스까지 세 타자가 연속 3구 삼진으로 물러났지만, 로키스 더그아웃의 분위기는 별반 달라지지 않았다.

로키스의 에이스 제인 그레이도 여느 때와 다름없는 깔끔한 피칭을 선보였다. 최고 구속 101mile/h(≒162.5㎞/h)의 포심 패스트볼을 앞세워 브라이언 리와 비비 그레고리우스, 그리고 3번 타순으로 전진 배치된 더스티 애클리를 범타로 돌려세웠다.

-제인 그레이! 환상적인 피칭입니다.

-세 타자를 상대로 단 7개의 공밖에 던지지 않았어요!

로키스 중계진은 효율적인 피칭을 선보인 제인 그레이를 극찬했다.

삼진은 단 하나도 잡아내지 못했지만 세 개의 탈삼진을 뽑아낸 한정훈보다 두 개의 공을 아꼈다며 1회 맞대결은 제인 그레이의 판정승이라고 떠들어 댔다.

그렇게 무득점으로 1회 공방이 끝이 나고 2회 초 로키스의 공격이 시작됐다.

선두 타자는 놀란 아레나스.

이번 시즌에만 20개의 홈런을 담장 밖으로 넘기며 내셔널리그 홈런 레이스에 참여하고 있는 로키스의 간판스타였다.

놀란 아레나스가 타석에 들어서자 양키즈 스타디움도 조용해졌다.

기량이 하락세에 접어든 카를로 곤잘레스와는 달리 놀란 아레나스는 전성기를 달리고 있는 홈런 타자였다.

만약 오늘 경기에서 한정훈이 장타를 허용한다면 그 타구는 놀란 아레나스의 타석에서 나올 가능성이 가장 큰 상황이었다.

하지만 정작 한정훈은 1회와 마찬가지로 놀란 아레나스를 힘으로 찍어 눌렀다.

초구에 103mile/h(≒165.7㎞/h)짜리 몸 쪽 포심 패스트볼로 스트라이크를 잡은 뒤 2구째 백도어성 투심 패스트볼을 던져 파울을 유도했다.

그리고 마지막으로 3구째 104mile/h(≒167.3㎞/h)의 하이 패스트볼을 찔러 넣어 놀란 아레나스의 헛스윙을 이끌어냈다.

4연속 3구 삼진.

"크아아아!"

"봤어? 봤냐고!"

양키즈 스타디움이 순식간에 열광의 도가니로 변했다.

─와우! 와우! 와우! 한정훈이 4타자를 연속해서 3구 삼진
으로 돌려세웁니다.

─이번 승부는 정말 대담했습니다. 몸 쪽에 강한 놀란 아
레나스를 상대로 몸 쪽 패스트볼을 던졌습니다. 그것도 높은
코스로요.

─만약 저 공이 조금만 주춤거렸다면 놀란 아레나스의 방
망이가 가만있지 않았겠죠.

─하지만 한정훈의 공은 완벽했습니다.

─그리고 놀란 아레나스의 방망이는 시원하게 허공을 갈
랐습니다.

양키즈 중계진도 흥분을 감추지 못했다. 특히나 호르에 포
사다는 마이크를 손에 쥔 채 래퍼처럼 멘트를 쏟아냈다.

한정훈이 필 존스를 3구 삼진으로 돌려세운 순간 자리에
서 벌떡 일어난 뒤 다시 의자에 앉을 생각을 하지 않았다.

반면 로키스 중계석은 싸늘한 침묵 속에 빠져들었다.

똑같은 3구 삼진이었지만 카를로 곤잘레스와 놀란 아레나스는 달랐다. 팀의 간판타자인 걸 떠나 현재 로키스에서 가장 잘 치고 있는 타자였다.

놀란 아레나스는 지난 시리즈에서 2개의 홈런과 7타점을 쓸어 담으며 팀의 공격을 이끌었다.

타율은 0.450. OPS는 무려 1.400에 달했다. 그래서 양키즈 중계진조차 오늘의 키 플레이어로 놀란 아레나스를 점찍었다.

지난 맞대결에서 결승 홈런을 때려낸 카를로 곤잘레스보다 놀란 아레나스의 활약 여부가 경기 결과에 더 큰 영향을 미칠 거라고 판단한 것이다.

그런데 그 놀란 아레나스가 한정훈을 공략해 내지 못했다. 아니, 2구째 방망이 끝부분에 걸린 파울을 제외하고는 공을 건드리지도 못했다.

한정훈을 상대로 놀란 아레나스의 상대 전적이 나쁘다 하더라도 이번 타석은 의미하는 바가 컸다.

"젠장할."

놀란 아레나스가 고개를 흔들며 더그아웃으로 돌아갔다. 자연스럽게 로키스 더그아웃의 표정도 굳어지기 시작했다.

－5번 타자, 칠리 블랙먼의 타석입니다.

－올 시즌 우투수를 상대로 3할의 타율을 기록 중인데요.

－한정훈의 공을 과연 칠 수 있을까요?

－글쎄요. 지난 쿠어 필드에서도 칠리 블랙먼은 안타가 없었거든요.

－그럼 오늘도 안타를 기대하긴 어렵겠네요.

－아마 경기가 끝나면 로키스의 윌트 와이스 감독은 칠리 블랙먼을 5번에 중용한 걸 후회할지도 모르겠습니다.

놀란 아레나스라는 큰 산을 넘겨서인지 양키즈 중계진의 멘트에는 여유가 넘쳤다.

한때 리드오프로 로키스 타선을 이끌었다가 필 존스의 등장으로 중심 타선으로 옮겨 온 칠리 블랙먼은 카를로 곤잘레스나 놀란 아레나스만큼 위협적인 선수가 아니었다.

물론 칠리 블랙먼도 매해 20개 정도의 홈런을 만들어내는 파워는 가지고 있었다.

그러나 한 시즌에 40개가 넘는 공을 담장 밖으로 넘겨 버렸던 카를로 곤잘레스나 놀란 아레나스에 비하면 중량감이 떨어지는 게 사실이었다.

한정훈－아담 앤더슨 배터리도 그 점을 적극 활용했다.

'칠리 블랙먼의 스윙으로는 한정훈에게 홈런을 빼앗을 수

없어.'

아담 앤더슨이 초구에 몸 쪽으로 파고드는 커터를 요구했다.

지금까지 네 타자를 상대로 전부 초구 포심 패스트볼을 보여줬으니 한 번쯤은 변화를 줄 필요가 있다고 여겼다.

한정훈도 묵묵히 고개를 끄덕였다. 칠리 블랙먼이 펀치력이 떨어지긴 하지만 한때 리드오프로 활약했을 만큼 정확도를 가지고 있었다.

게다가 노림수도 좋았다. 1사에 주자가 없는 상황이라고 해서 너무 정직하게 승부를 걸 이유는 없어 보였다.

투수판을 밟은 뒤 한정훈은 재빨리 그립을 고쳐 쥐었다. 그리고 마치 포심 패스트볼을 던지듯 칠리 블랙먼을 향해 힘껏 공을 내던졌다.

후아앗!

빠르게 날아든 공이 단숨에 칠리 블랙먼의 몸쪽을 파고들었다.

'그럴 줄 알았다!'

칠리 블랙먼은 당황하지 않고 방망이를 내밀었다. 팔꿈치를 몸에 바짝 붙인 채 빠르고 간결한 스윙으로 몸 쪽 패스트볼에 대처했다.

하지만 마지막 순간에 안쪽으로 꺾여 든 공은 칠리 블랙먼의 방망이를 부러뜨린 뒤 칠리 블랙먼의 표정까지 망가뜨렸다.

따각.

순식간에 반 토막 난 방망이가 3루수 앞쪽으로 튕겨 나갔다.

반면 공은 1루수 라인을 따라 굴렀다. 회전을 먹은 듯 점점 라인 쪽으로 붙어 들었지만, 부상에서 복귀한 그린 버드가 그 전에 냉큼 타구를 집어 들면서 칠리 블랙먼의 타격 기회를 없애 버렸다.

"젠장할!"

칠리 블랙먼의 입에서 욕지거리가 터져 나왔다.

앞선 타자들처럼 한정훈이 몸 쪽 포심 패스트볼 승부를 걸어올 것이라 확신하고 방망이를 휘둘렀는데 커터가 날아들었으니 도저히 당해낼 수가 없었다.

―한정훈. 공 하나로 5번 타자를 잡아냅니다.

―커터였죠? 오늘 경기에서 처음으로 던졌습니다.

―연속 3구 삼진 기록이 깨지긴 했지만 나쁘지 않은 승부였다고 보는데요.

―그렇습니다. 칠리 블랙먼의 스윙이 빠르고 간결해서 라이너성 타구가 자주 나오는 편인데요. 한정훈이 커터를 선택

하면서 1루수 강습 타구가 나올 뻔한 상황이 느려 터진 1루
수 앞 땅볼로 바뀌었습니다.

　내심 한정훈의 연속 탈삼진 기록이 이어지길 바랐던 양키
즈 중계진은 당황하지 않고 칠리 블랙먼과의 1구 승부가 얼
마나 효율적이었는지를 강조해서 설명했다.

　반면 한정훈이 초반부터 과열된 투구를 이어가고 있다고
지적하던 로키스 중계진은 또다시 말문이 막혀 버렸다.

　설마하니 칠리 블랙먼이 이렇게 허무하게 물러나리라고는
예상하지 못한 것이다.

　－칠리 블랙먼, 초구를 건드려서 1루 땅볼로 물러납니다.

　－다음 타자는 유격수 트레이 스토리입니다.

　－지난주 타격 성적이 나쁘지 않은데요.

　－2사 이후지만 한정훈을 상대로 팀의 첫 안타를 뽑아내
주길 기대해 봅니다.

　로키스 중계진은 6번 타자 트레어 스토리에게 희망을 걸
었다.

　바로 전 경기에서 상대 투수의 빠른 공을 받아쳐 담장을
넘겨 버렸던 만큼 한정훈의 빠른 공에도 어느 정도 대처해

줄 것이라고 여겼다.

그러나 한정훈-아담 앤더스 배터리는 포심 패스트볼 없이 변종 체인지업-너클 커브-J-스플리터-백도어 투심 패스트볼을 이어 던지며 트레어 스토리를 스탠딩 삼진으로 잡아냈다.

허무하게 투 스트라이크에 몰란 상황에서 몸 쪽으로 날카롭게 파고드는 J-스플리터까지는 어떻게든 커트해 냈지만, 바깥쪽 멀리 돌아 들어오는 투심은 공격적인 트레어 스토리도 도저히 건드릴 엄두를 내지 못했다.

그렇게 2회 초 로키스의 공격도 3자 범퇴로 끝이 났다.

삼진 2개. 땅볼 1개.

투구 수는 8개였다. (누적 17개)

"질 수 없지."

한정훈의 호투에 자극을 받은 제인 그레이도 힘을 냈다.

아직 타격감이 돌아오지 않은 4번 타자 그린 버드를 삼진으로 돌려세운 뒤 5번 타자 제이크 햄튼과 6번 타자 채이스 해틀리를 외야 플라이로 유도해 냈다.

투구 수는 8개. 누적 투구 수는 15개에 불과했다.

─제인 그레이, 효율적인 피칭을 이어갑니다.

─이런 식으로 투구 수를 아낀다면 완투는 문제없어 보입

니다.

로키스 중계진은 제인 그레이가 한정훈 못지않은 피칭을 이어가고 있다고 치켜세웠다.

하지만 정작 더그아웃으로 돌아간 제인 그레이의 표정은 밝지 않았다.

"젠장. 벌써 이러니."

제인 그레이가 오른손 검지를 내려다보며 이맛살을 찌푸렸다.

지난번 물집이 생겼던 부위가 다시 벌겋게 달아올라 있었다. 이대로 가다간 십중팔구 물집이 잡힐 것 같았다.

'내가 너무 저 녀석을 의식했나?'

제인 그레이의 짜증스러운 시선이 마운드에 선 한정훈에게 향했다.

의식하려 하지 않았지만, 오늘따라 컨디션이 좋아 보이는 한정훈을 따라잡겠다는 마음에 자신도 모르게 무리를 해서 공을 던진 모양이었다.

그렇다고 인제 와서 손가락을 신경 쓰며 던질 수는 없었다. 경기 초반부터 한정훈은 104mile/h(≒167.3km/h)의 포심 패스트볼을 던지고 있었다. 이 기싸움에서 밀리지 않으려면 지금처럼 101mile/h(≒162.5km/h)의 구속을 꾸준히 유지해 줘야 했다.

그때였다.

"제인, 왜 그래? 어디 아파?"

투수 코치 스티브 포터가 슬그머니 다가왔다.

"별일 아니에요."

제인 그레이는 슬그머니 오른손을 감췄다. 스티브 포터 코치에게 오른손을 들켰다간 당장 강판을 시키려 들 게 틀림없었다.

그러나 다행히도 스티브 포터 코치는 제인 그레이가 저기압인 이유를 다른 곳에서 찾으려 했다.

"잘 던지고 있어. 저 녀석은 신경 쓰지 마."

"아, 네."

"저 녀석은 저 녀석의 스타일이 있고 너는 너의 스타일이 있는 거야."

"알고 있어요."

"그래, 대신 로케이션에 신경을 좀 써. 공이 조금씩 높아. 알고 있지?"

스티브 포터 코치가 제인 그레이의 어깨를 툭툭 두드렸다.

한정훈만큼은 아니지만, 제인 그레이는 로키스가 어렵게 찾아낸 젊고 재능 있는 투수였다.

빠른 공을 던질 줄 알며 체격 조건도 좋았다. 무엇보다 쿠어 필드에서의 성적이 괜찮았다.

지난 세 시즌 동안 40승에 평균 자책점 3.56.

로키스가 그토록 바라던 한정훈 같은 에이스감은 아니더라도 제인 그레이는 로키스의 1선발로서 제 몫을 충분히 잘해주고 있었다.

스티브 포터 코치는 제인 그레이가 지금처럼 앞으로도 꾸준히 로키스의 선발 마운드를 지켜주길 바랐다.

괜히 한정훈을 의식하다 투구 밸런스가 무너져 슬럼프에 빠지길 원치 않았다.

"신경 쓰지 말자."

제인 그레이도 일부러 마운드에서 시선을 거두었다.

하지만 묵직한 포구 소리와 타자들의 욕지거리가 고막을 파고들 때마다 자신도 모르게 눈은 한정훈을 향해 움직였다.

그러는 사이 7번 타자 빈 폴슨이 포수 파울 플라이로 물러났다.

뒤이어 8번 타자 토미 머피도 한정훈의 백도어 투심 패스트볼에 스탠딩 3구 삼진을 당했다.

9번 타자 헤라도 파라의 타석도 오래가지 않았다.

따악!

초구에 들어온 체인지업을 힘껏 잡아당겼는데 방망이 안쪽에 먹힌 타구가 하필 3루수 정면으로 향하고 만 것이다.

"젠장할!"

타구를 확인한 헤라도 파라가 욕지거리를 내뱉었다.

그동안 여러 선수에게 행운의 내야 안타를 만들어주었던 제이크 햄튼이 3루수였다면 펌블이라도 기대해 봤겠지만 애석하게도 오늘 경기부터 3루수가 바뀌어 있었다.

신입 3루수 마르쿠스 키엘은 회전이 제법 걸린 타구를 별다른 무리 없이 포구했다. 그리고 헤라도 파라가 요행은 꿈도 꾸지 못하도록 곧바로 1루로 송구했다.

퍼엉!

"아웃!"

1루심의 아웃 선언을 확인한 한정훈이 양키즈 더그아웃 쪽으로 몸을 돌렸다. 그렇게 3회 초 로키스 공격도 싱겁게 끝이 나버렸다.

"쉴 틈을 안 주는군."

손에 든 음료수 병을 내려놓으며 제인 그레이가 나직이 중얼거렸다. 개봉하고 고작 두 모금 마셨을 뿐인데 다시 마운드로 올라가야 할 시간이 찾아왔다.

"제인! 부담 갖지 말고 지금처럼만 던져. 알았지?"

무거운 발걸음을 이끄는 제인 그레이의 등 뒤에서 스티브 포터 투수 코치가 소리쳤다.

잘 던지고 있는 제인 그레이에게 부담을 주려는 건 아니었지만 여기서 제인 그레이가 먼저 무너져 버리면 답이 없었다.

"그렇게 말하면 더 부담되잖아요."

제인 그레이가 미간을 찌푸렸다.

스티브 포터 코치의 애타는 마음을 모르는 것은 아니었다. 다만 손가락 상태가 시원찮은 상황에서 1, 2회의 피칭을 유지하라는 주문에 부담을 느끼지 않을 수 없다는 게 문제였다.

"후우……."

마운드에 올라서며 제인 그레이는 애써 숨을 골랐다. 괜히 어깨도 돌려보고 전광판도 바라보면서 부담을 떨쳐 내려 노력했다.

상대해야 할 양키즈의 타순은 좋았다. 7번 타자 로비 래프스나이더를 시작으로 8번 타자 아담 앤더슨과 9번 타자 마르쿠스 키엘에 이르기까지 딱히 이름값 있는 선수가 없었다.

'하위 타순이야. 가볍게 처리하자.'

타석에 들어오는 로비 래프스나이더를 바라보며 제인 그레이가 다시금 길게 숨을 내쉬었다.

포수 토미 머피의 사인은 바깥쪽 포심 패스트볼.

일단 스트라이크를 하나 잡고 가자는 이야기였다.

제인 그레이는 가볍게 고개를 끄덕거렸다. 그리고 토미 머피의 미트를 향해 힘껏 공을 내던졌다.

퍼엉!

묵직한 포구음과 함께 구심이 팔을 들어 올렸다. 토미 머피가 원하는 포구 지점에서 공 하나 정도가 바깥쪽으로 빠져 나갔지만 관대한 주심은 스트라이크로 인정해 주었다.

'바로 이거야, 제인. 무리해서 어깨로 던지려고 하지 말고 이렇게만 던지라고.'

토미 머피가 씩 웃으며 제인 그레이에게 공을 돌려주었다.

빠른 공도 좋지만, 지금처럼 코스를 찌르는 꽉 찬 공이 자주 들어와야 타자들과의 승부를 유리하게 끌고 갈 수 있었다.

그러나 정작 제인 그레이는 웃지 않았다. 아니, 웃을 수가 없었다. 전광판에 찍힌 98mile/h(≒157.7㎞/h)이라는 구속이 제인 그레이를 웃지 못하게 만들었다.

오늘 경기에서 제인 그레이가 던진 가장 느린 포심 패스트볼의 구속은 99mile/h(≒159.3㎞/h)이었다. 그것도 슬라이더나 체인지업으로 타이밍을 빼앗은 뒤 던진 공이었다.

지금처럼 스트라이크를 잡기 위해 던진 공은 전부 100mile/h을 넘겼다. 그런데 잠깐 더그아웃에 다녀온 사이에 구속이 2mile/h이나 빠져 버렸다.

'지금 뭘 하고 있는 거야!'

제인 그레이는 신경질적으로 로진백을 움켜쥐었다.

한정훈은 104mile/h의 포심 패스트볼로 로키스 타자들을 윽박지르는데 정작 자신은 물집 때문에 몸을 사리다니. 부끄러워서 쥐구멍에라도 숨고 싶은 심정이었다.

'물집 좀 잡히면 어때서? 투수라면 누구나 달고 사는 거잖아.'

제인 그레이가 겁을 먹은 스스로를 다그쳤다. 일부러 보란 듯이 공을 힘껏 움켜쥐었다.

꾸욱.

매끄러운 가죽 면을 따라 뻑뻑한 마찰음이 울렸다. 뒤이어 마찰 면을 따라 미세한 열감이 느껴졌다.

분명 평소와는 다른 느낌이었다. 경험상 이대로는 물집을 피하기 어려웠다. 하지만 제인 그레이는 몸의 신호를 무시해 버렸다. 그의 머릿속은 실종된 2mile/h의 구속을 되찾아야 한다는 생각만으로 가득 차 있었다.

때마침 토미 머피가 사인을 냈다.

몸 쪽 싱커.

타자들을 범타로 유도하는 데 제격인 공이었다.

제인 그레이는 이번에도 고개를 끄덕거렸다.

양키즈의 하위 타선은 고만고만했지만, 로비 래프스나이

더는 조금 껄끄러운 상대였다. 장타력은 떨어지지만, 선구안이 좋고 공을 맞추는 재주가 있었다. 괜히 승부를 어렵게 끌고 가 봐야 좋을 게 없었다.

"후우……."

길게 숨을 내쉬며 제인 그레이는 글러브 속에서 그립을 고쳤다. 그리고 있는 힘껏 공을 내던졌다.

후앗!

제인 그레이의 손가락을 빠져나간 공이 날카로운 비행을 시작했다.

그런데…….

"……!"

로비 래프스나이더의 몸 쪽으로 파고들어야 할 공이 거의 한복판으로 날아들었다.

'걸렸다!'

로비 래프스나이더는 반사적으로 방망이를 휘둘렀다. 노리던 바깥쪽 코스의 공은 아니었지만, 한가운데로 들어오는 실투를 놓쳐서야 메이저리그에서 살아남기 어려웠다.

따악!

매서운 방망이 소리와 함께 타구가 3유간을 꿰뚫었다. 3루수 놀란 아레나스가 몸을 날려봤지만 타구는 그보다 한발 먼저 내야를 빠져나갔다.

-로비 래프스나이더!

-그토록 기다렸던 양키즈의 첫 안타를 만들어냅니다!

선두 타자가 안타를 치고 나가자 양키즈 중계석이 들썩거렸다. 반면 한창 제인 그레이에 대한 칭찬을 늘어놓던 로키스 중계석은 침묵에 빠져들었다. 설마하니 제인 그레이가 여기서 안타를 허용할 줄은 미처 예상하지 못한 것이다.

"젠장할!"

제인 그레이도 질근 입술을 깨물었다.

구속을 끌어올려야겠다는 부담감 때문인지 어깨에 힘이 너무 들어가고 말았다.

"괜찮아. 신경 쓰지 마!"

토미 머피가 냉큼 마운드에 올라와 제인 그레이를 다독거렸다.

제구가 좋은 투수들도 다섯 개 중 하나 정도는 실투를 던지게 마련이다. 하물며 제인 그레이는 본래 제구가 좋은 투수가 아니었다.

토미 머피는 중심 타자가 아니라 로비 래프스나이더에게 가운데 몰린 공이 들어온 걸 다행이라고 여겼다. 그러면서 내야수들에게 번트에 대비하라는 사인을 했다.

다음 타자 아담 앤더슨은 지난주 6경기에서 18타수 2안타에 그치고 있었다. 당연하게도 양키즈 벤치가 아담 앤더슨을 믿고 강공을 지시할 리 없다고 여겼다.

아담 앤더슨도 타석에 들어서자마자 자세를 낮췄다.

제인 그레이가 언제 101mile/h(≒162.5㎞/h)짜리 포심 패스트볼을 던질지 모르는 상황에서 재치 있게 번트를 댈 자신은 없었다.

'번트를 대겠다면 대줘야지.'

아담 앤더슨의 의지를 확인한 토미 머피가 몸 쪽으로 미트를 움직였다. 제인 그레이도 애써 마음을 다잡으며 힘껏 공을 내던졌다.

그 공을 아담 앤더슨이 1루 선상으로 붙이며 1루 주자 로비 래프스나이더가 2루까지 진루했다.

1사 2루.

오늘 경기 처음으로 맞이하는 득점권 상황이었지만 타석에 들어선 9번 타자 마르쿠스 키엘은 양키즈 더그아웃의 기대에 부응하지 못했다.

초구에 날아든 포심 패스트볼을 멍하니 지켜본 뒤 2구째 바깥쪽으로 흘러나가는 예리한 슬라이더와 3구째 낮게 깔리는 커브에 헛스윙을 하고 3구 삼진으로 물러나 버렸다.

불리한 카운트에서 변화구 승부에 약하다는 데이터를 제인 그레이-토미 머피 배터리가 적극적으로 활용한 결과였다.

"후우……."

1사 2루가 2사 2루로 바뀌면서 제인 그레이도 한숨 돌렸다.

1번 타자 브라이언 리가 3개의 파울 타구를 때려내며 끈질기게 버텼지만 끝내 몸 쪽 싱커로 유격수 앞 땅볼을 유도해 내며 이닝을 마쳤다.

86장
복수의 맛(2)

"평소에도 오늘처럼만 던져 주면 좋겠는데 말이야."

마운드에서 내려오는 제인 그레이를 로키스 월트 와이드 감독이 흐뭇한 얼굴로 바라보았다.

제인 그레이는 3회까지 안타 하나만 내주고 무실점으로 양키즈 타선을 틀어막았다.

탈삼진은 두 개에 불과했지만 사사구가 없었다. 덕분에 투구 수가 27개밖에 되지 않았다.

아직 경기가 끝난 건 아니지만 이 정도면 올 시즌 최고의 피칭이라고 봐도 무방할 정도였다.

그러나 정작 제인 그레이는 불만이 가득한 얼굴이었다. 동료들의 독려도 외면한 채 고개를 푹 숙이고 자신만의 생각에 빠져들었다.

"한정훈이 신경 쓰이겠지."

월트 와이스 감독의 시선이 다시 마운드 쪽으로 향했다. 그곳에는 제인 그레이를 절망하게 만든 당사자가 서 있었다.

한정훈.
3억 8천만 달러를 받고 핀 스트라이프를 입은 괴물 투수.

처음 양키즈가 한정훈을 영입한다는 소식이 알려졌을 때 월트 와이스 감독은 부러움보다 헛웃음이 났다.

로키스 또한 한정훈 영입전에 뛰어들긴 했지만, 메이저리그에 데뷔조차 하지 않은 동양인 투수에게 3억 8천만 달러를 쏟아붓는 건 미친 짓처럼 느껴졌다.

그러나 시즌 반환점을 코앞에 둔 지금은 생각이 달라졌다.

물론 3억 8천만 달러라는 거금에 거품이 끼어 있다는 판단은 변함이 없었다.

하지만 메이저리그 선수 중 어느 한 명에게 연평균 7천만 달러의 계약을 안겨줘야 한다면 가장 먼저 한정훈을 떠올릴 것 같았다.

그만큼 한정훈은 좋은 투수였다. 양키즈가 연봉을 일부 보전해 주는 조건으로 한정훈을 트레이드 매물로 내놓는다면 놀란 아레나스와 필 존스를 내주고서라도 데려오고 싶은 마음이 들 정도였다.

하지만 양키즈가 홀로 팀을 이끌다시피 하는 한정훈을 아무 이유 없이 트레이드시킬 리 없었다.

'가지지 못한다면 철저히 짓밟아야 해. 로키스 유니폼만 봐도 오금이 저리도록 말이야.'

월트 와이스 감독이 더그아웃 앞쪽으로 나와 스타 코일 3루 베이스 코치에게 직접 사인을 냈다. 그러자 스타 코일 코치가 현란한 수신호를 섞어가며 다시 필 존스에게 사인을 전했다.

"후우……."

사인을 확인한 필 존스가 헬멧을 톡톡 두드렸다. 그리고는 좌타석을 지나쳐 우타석에 자리를 잡았다.

"뭔가 작전이 나온 거 같은데요."

그라운드를 주시하던 로비 토마스 벤치 코치가 불안한 표정을 지었다.

스위치히터지만 좌타석을 선호하는 필 존스가 우타석에 들어섰다는 건 그만한 이유가 생겼다는 이야기였다.

"1루수와 3루수에게 주의를 주는 게 좋겠어."

조지 지라디 감독도 표정을 굳혔다. 정말 작전이 나온 건지, 아니면 기만술인지는 알 수 없지만, 무사에 발 빠른 필 존스를 내보내 봐야 좋을 건 없었다.

"알겠습니다."

로비 토마스 코치가 조지 지라디 감독을 대신해 내야수들을 움직였다.

필 존스의 기습 번트에 대비해 1루수와 3루수는 베이스 라인까지 들어왔다. 그리고 2루수와 유격수는 1루수와 3루수의 빈자리를 커버하기 위해 평소보다 깊게 수비를 했다.

그 모습을 지켜보던 필 존스가 속으로 웃음을 흘렸다.

'얼간이들. 알아서 공간을 만들어주다니.'

월트 와이스 감독이 낸 사인은 양키즈 더그아웃의 예상처럼 기습 번트가 맞았다. 하지만 단순한 기습 번트였다면 굳이 사인을 낼 리가 없었다.

기습 번트란 말 그대로 상대의 허를 찌르는 기습적인 공격이다. 기습 번트를 댈 것처럼 사인을 낸 순간부터 기습 번트는 더 이상 기습 번트가 될 수 없었다.

그러나 로키스 더그아웃에서는 추가적으로 사인을 변경하지 않았다. 양키즈 내야진이 움직일 것을 대비해 작전 속에 또 다른 작전을 숨겨놓았기 때문이다.

만약 양키즈에서 위장 작전이라고 판단하고 별다른 움직임을 보이지 않았다면 필 존스는 어떻게든 기습 번트를 시도해 봤을 것이다. 그리고 그 시도를 통해 양키즈 내야진과 더그 아웃을 흔들어 놓았을 것이다.

하지만 양키즈 더그아웃에서 먼저 몸을 사린 이상 굳이 볼 카운트를 낭비할 필요가 없어졌다.

'뭐든 던져 봐. 내가 재미있는 걸 보여줄 테니까.'

필 존스가 느긋하게 루틴에 들어갔다. 그러면서 날카로운 눈으로 넓어진 내야를 훑었다.

마이너리그 시절 필 존스의 별명은 불량 안타 제조기였다. 말 그대로 비정상적인 내야 안타를 많이 만들어내서 붙은 별명이었다.

메이저리그에서도 한 시즌에 30개 이상의 도루가 가능할 만큼 필 존스는 빠른 발을 가지고 있었다. 호리호리했던 마이너리그 시절에는 지금보다 더 빨랐다.

1루에 출루하면 어떻게든 투수를 흔들어 2루와 3루를 연달아 훔치고 내야 땅볼 때 홈까지 파고들었다.

필 존스가 루상에 나가면 한 점은 거저 얻는다고 여겨질 정도였다.

그러나 빠른 발에 비해 필 존스의 타격 능력은 시원치 않았다. 공을 보는 건 잘 했지만, 힘을 실어 때려내지 못했다. 그렇다 보니 타구가 내야를 맴돌았다.

대부분의 마이너리그 지도자들은 이런 필 존스의 타격 스타일을 비정상적이라고 단언했다.

부정하고 혐오하고 경멸했다. 지저분한 타구밖에 만들어 내지 못하는 필 존스는 야구를 할 자격이 없다며 맹비난을 쏟아내는 이도 적지 않았다.

하지만 로키스 구단은 필 존스만의 안타 제조 능력을 높이 샀다. 아울러 필 존스의 장점을 살리고 단점을 보완한다면 로키스의 10년을 책임질 리드오프가 나올 것이라고 기대했다.

결과적으로 로키스 구단의 선택은 옳았다. 메이저리그에서 급성장한 필 존스는 내셔널리그, 아니, 메이저리그 전체를 통틀어 첫 손에 꼽히는 리드오프로 성장했다.

그 과정에서 체격도 좋아지고 타격 능력도 향상되었다. 라인드라이브로 쭉쭉 뻗어 나가는 타구는 필 존스의 전매특허가 되었다.

하지만 정작 월트 와이스 감독은 필 존스를 처음 테스트했던 그날을 잊지 못했다.

당시 필 존스는 투수 앞 땅볼을 치고도 포기하지 않고 1루로 내달려 투수의 송구 실책을 이끌어 냈다. 투수가 지나치게 여유를 부린 탓도 있지만 사력을 다한 베이스러닝이 또다른 기회를 만들어낸 것이다.

비록 안타는 아니었지만 월트 와이스 감독은 그 자리에서 필 존스에게 합격점을 주었다.

필 존스의 처절함도 마음에 들었지만 정형화된 야구판에서 재기발랄한 야구도 충분히 승산이 있다고 판단했다.

오늘 경기를 앞두고 월트 와이스 감독은 필 존스를 따로 감독실로 불렀다. 그리고 양키즈 스타디움에서 유독 강한 면모를 보이는 한정훈을 뒤흔들기 위한 비책을 전했다.

"그거 재미있겠는데요?"

경기 중에 사인이 나올 경우 마이너리그 시절처럼 불량한 내야 안타를 만들어 보라는 월트 와이스 감독의 주문에 필 존스는 대수롭지 않게 웃어 보였다.

솔직히 월트 와이스 감독이 장난삼아 한 말이라고만 여겼다. 설마하니 불량한 내야 안타가 필요한 순간이 오리라고는 생각지 않았다.

그러나 월트 와이스 감독은 정말로 경기 중에 사인을 보냈다. 3이닝, 아홉 명의 타자를 상대로 퍼펙트 피칭을 이어가는 한정훈의 평정심을 깨뜨리기 위해서 말이다.

필 존스도 월트 와이스 감독의 주문을 군말 없이 받아들였다. 구심의 스트라이크존을 떠나 9명의 타자를 상대로 6개의 탈삼진을 기록 중인 한정훈이 지난 경기와는 다르다는 걸 인정한 것이다.

'자, 바깥쪽 공을 던져. 어서!'

준비 동작을 끝마친 필 존스가 방망이를 단단히 움켜쥐

었다. 그러면서 내심 바깥쪽 공이 들어와 주길 기대했다.

로키스 전략 분석 팀은 타순이 반복될수록 한정훈의 변화구 구사 비율이 높아진다고 말했다.

특정 경기에서만 나오는 패턴이 아니라 모든 경기에서 후반에 변화구 비중을 높인 만큼 이번 경기도 다르지 않을 것이라고 전망했다.

필 존스는 자신의 타석 때도 변화구가 하나 이상 들어올 것이라고 예상했다. 그리고 가능하다면 바깥쪽으로 흘러나가는 체인지업이 들어와 주길 바랐다. 마이너리그 시절처럼 빗맞은 안타를 만들어내는 데 체인지업만큼 좋은 구종은 없었다.

후아앗!

공교롭게도 한정훈의 손끝을 빠져나온 공은 곧장 홈 플레이트 바깥쪽으로 향했다.

하지만 필 존스는 초구를 건드리지 않았다. 아니, 건드릴 수가 없었다. 노리던 체인지업이 아니라 포심 패스트볼이 들어온 것이다.

퍼엉!

묵직한 포구 소리와 함께 구심이 팔을 들어 올렸다.

잠시 후.

104mile/h(≒167.3km/h).

전광판에 찍힌 구속을 확인한 홈 관중들이 함성을 쏟아냈다.

'괜찮아. 때려봐야 좋을 게 없는 공이었어.'

눈 깜짝할 사이에 볼카운트를 하나 잃었지만 필 존스는 조급해하지 않았다. 빗맞은 타구를 만들어내기에 104mile/h의 포심 패스트볼은 지나치게 빨랐다. 괜히 건드려 봐야 평범한 땅볼이 나올 가능성이 높았다.

"후우……."

길게 숨을 고르며 필 존스가 다시금 방망이를 들어 올렸다. 그러자 한정훈이 숨 돌릴 틈조차 주지 않고 공을 던졌다.

후아앗!

이번에도 공은 바깥쪽으로 날아들었다. 게다가 초구보다 조금 느리게 느껴졌다.

'왔다!'

체인지업이라고 확신한 필 존스가 기다렸다는 듯이 허리를 움직였다. 테이크 백 동작도 생략한 채 마이너리그 시절처럼 팔을 뻗으며 방망이를 쭉 하고 내밀었다.

따악!

빠르게 홈 플레이트를 파고들던 공이 방망이 끝에 걸렸다. 하지만 타구는 필 존스의 예상과는 달리 포수 뒤편으로 넘어가 버렸다.

"젠장할!"

필 존스가 입술을 깨물었다. 체인지업인 줄 알았는데 커터가 들어왔다. 지금껏 단 하나도 던지지 않았던 커터가 하필 이 순간에 날아든 것이었다.

"허……!"

월트 와이스 감독의 입에서도 헛웃음이 흘러나왔다.

초구에 바깥쪽 포심 패스트볼로 스트라이크를 잡은 만큼 2구는 몸 쪽에 붙는 패스트볼이거나 바깥쪽으로 흘러나가는 체인지업이 들어올 것이라고 예상했다.

그래서 한정훈의 공이 바깥쪽으로 향할 때 주먹을 움켜쥐기까지 했다.

하지만 정작 공은 빠르게 바깥으로 휘어져 나가 버렸다. 마치 월트 와이스 감독과 필 존스의 노림수를 간파하기라도 한 것처럼 말이다.

"어떻게 할까요?"

톰 러너 벤치 코치가 월트 와이스 감독을 바라봤다. 한정훈을 흔들어 보겠다는 계획이 수포로 돌아간 만큼 늦기 전에 작전을 바꾸는 게 나을 것 같았다.

그러나 월트 와이스 감독은 여기서 포기할 생각이 없었다.

"번트 사인을 내."

"번트요?"

"그래, 번트. 투 스트라이크니까 양키즈 놈들도 분명 방심하고 있을 거라고."

"하지만…… 그러다 파울이 나면요?"

"야구란 결국 누구의 심장이 더 단단한지 겨루는 거야. 먼저 겁을 먹으면 지는 거라고."

월트 와이스 감독은 양키즈의 방심을 다시 한 번 파고들기로 마음먹었다. 그리고 그 의지가 3루 코치를 통해 필 존스에게 전해졌다.

필 존스는 헬멧을 툭툭 두드린 뒤 타석에 들어섰다. 다른 선수 같았다면 쓰리 번트 아웃에 대한 부담감 때문에 이맛살을 찌푸렸겠지만 필 존스의 생각은 달랐다.

한정훈에게 주도권을 내준 채 농락을 당하느니 차라리 번트를 대다 죽는 편이 낫다고 여겼다.

'쓰리 번트라도 대려는 모양이군.'

필 존스의 표정을 읽은 한정훈이 피식 웃었다.

어떻게든 자신을 흔들어 보겠다는 시도 자체는 칭찬해 줄만했지만 애석하게도 특별할 건 없었다.

한국에서도 발 빠른 타자들은 틈만 나면 기습 번트를 시도

했다. 심지어 어떤 타자는 한 경기 내내 기습 번트만 대다 죽기도 했다.

정타보다 빗맞은 타구를 때리는 게 효율적이라고 강조한 지도자들도 있었다.

정타를 노리다 구위에 먹히느니 차라리 어떻게든 타구를 만들어낸 다음에 행운에 기대는 편이 낫다는 이야기였다.

4년 연속으로 MVP를 휩쓴 한정훈을 끌어내리기 위해 한국의 수많은 타자와 야구 전문가가 머리를 싸맸다. 하지만 한정훈은 흔들리지 않았다. 16년간의 프로 경험을 바탕으로 타자들을 연구하고 싸우며 끝내 이겨냈다.

지금도 마찬가지. 한국에서의 4년간의 경험까지 더해져 더욱 단단해진 한정훈이 고작 이 정도에 동요할 리 없었다.

'어디 번트를 댈 수 있으면 대봐.'

때마침 몸 쪽 사인을 준 아담 앤더슨에게 고개를 끄덕이며 한정훈이 힘껏 공을 내던졌다.

후아앗!

한정훈의 손끝을 빠져나간 공이 홈 플레이트 안쪽으로 향했다. 그러자 필 존스가 기다렸다는 듯이 자세를 낮췄다.

한정훈이 몸 쪽을 선택했다는 건 승부를 걸겠다는 의미. 당연히 스트라이크존에 걸치는 공이 들어올 것이라고 확신했다.

하지만 생각보다 솟구친 공은 아담 앤더슨의 미트가 아니라 어깨 쪽으로 날아들었다.

"윽!"

갑작스럽게 공이 얼굴로 날아들자 필 존스가 다급히 방망이를 들어 올렸다. 피하기에는 늦었다는 생각에 방망이로 얼굴을 보호하려 든 것이다.

그 과정에서 공이 방망이 중심 부분에 얻어걸렸다. 필 존스가 제대로 된 스윙으로 방망이에 힘을 실었다면 특유의 라인드라이브성 타구가 외야로 뻗어 나갈 상황이었다.

그러나 둔탁한 소리와 함께 튕겨져 오른 타구는 한정훈이 잡기 좋게 마운드 쪽으로 날아왔다.

탁.

한정훈이 낚아채듯 글러브로 타구를 움켜잡았다. 그렇게 한정훈을 흔들어 보겠다던 로키스 벤치의 작전은 수포로 돌아갔다.

-필 존스, 기습 번트를 노렸습니다만 참담하게 실패했습니다.

-한정훈 선수가 몸 쪽 하이 패스트볼을 던질 것이라고는 예상하지 못한 모양입니다.

-그야말로 제 꾀에 넘어가고 말았는데요.

-정확하게는 2구째부터 한정훈의 페이스에 휘말린 셈입니다.

-한정훈이 2구째 던진 바깥쪽 커터 말이죠?

-그렇습니다. 아마 한정훈은 필 존스가 뭔가 일을 꾸민다고 느꼈을 겁니다. 그래서 오늘 경기 처음으로 커터를 선택했던 거고요.

-확실히 2구를 던지기 전에 한정훈이 한 차례 고개를 흔든 기억이 납니다.

-아마 아담 앤더슨은 몸 쪽 공을 요구하지 않았나 생각합니다.

-호르에라면 어땠을까요?

-저 역시도 몸 쪽 공을 요구했을 것 같습니다. 초구에 바깥쪽 스트라이크를 잡은 상황에서 타격 센스가 좋은 필 존스에게 연달아 바깥쪽 공을 던지는 건 부담스러우니까요.

-그런데도 한정훈은 바깥쪽을 고집했군요.

-그게 한정훈이 일반 투수들과는 다른 점이겠죠. 한국에서 4년, 그리고 올 시즌 메이저리그에 데뷔했으니 프로 경력이 5년째인데 정말 노련합니다. 피칭을 볼 때마다 감탄할 때가 한두 번이 아니에요.

-게다가 그동안 주춤했던 것과는 달리 오늘은 피칭 내용까지 훌륭한데요.

－양키즈 스타디움에 한정훈의 멘토인 서재훈이 와 있다던데 어쩌면 서재훈에게 뭔가 조언을 받았을지도 모르겠습니다.

중계진의 말이 떨어지기가 무섭게 카메라가 관중석에 앉아 있는 서재훈을 잡아냈다.

한정훈의 전담 매니저인 김상엽 팀장과 나란히 앉아 있던 서재훈은 구장 전광판에 자신의 모습이 나오자 활짝 웃으며 손을 흔들어 댔다.

－저기 앉아 있었군요. 한정훈의 멘토, 서재훈입니다.

－메츠에서 활약했던 선수죠?

－그렇습니다. 메이저리그에서 여섯 시즌 동안 28승을 거두었네요. 메츠와 다저스, 레이스에서 뛰었습니다.

－그리고 지금은 핀 스트라이프를 입고 있네요. 정말 잘 어울립니다.

주변에 있던 관중들도 자신들과 함께 핀 스트라이프를 입고 양키즈를 응원하고 있는 서재훈에게 반갑게 인사를 건넸다. 몇몇 교포는 서재훈이 앉아 있는 곳까지 찾아와 등판을 내밀며 사인을 부탁하기도 했다.

그러는 사이 한정훈은 2번 타자 JJ 르메이휴와 3번 타자 카를로 곤잘레스를 각각 삼진과 1루수 파울 플라이로 돌려세우고 마운드에서 내려갔다.

투구 수는 고작 31개. 탈삼진은 7개.

양키즈 스타디움에서 압도적으로 강한 면모를 오늘 경기에서도 유감없이 발휘하고 있었다.

"후우……."

마운드에 올라온 제인 그레이가 길게 한숨을 내쉬었다.

필 존스부터 시작되는 상위 타선이라 내심 기대를 했는데 한정훈에게 꽁꽁 틀어 막혀 버렸으니 어깨가 더욱 무거워졌다.

반면 자신은 양키즈의 중심 타선과 마주해야 하는 상황이었다.

'구속을 유지해야 해.'

제인 그레이는 입술을 질근 깨물었다. 손가락 상태가 좋지 않았지만, 자존심 때문이라도 여기서 마운드를 내려갈 수는 없었다.

4회 말 양키즈의 선두 타자는 타격감이 좋은 비비 그레고리우스였다. 2번 타자 체질이라도 되는 것처럼 브라이언 리에게 1번 타자 자리를 내준 이후로 타율을 4푼이나 끌어올린 상태였다.

게다가 지금처럼 선두 타자로 나왔을 때는 4할에 가까운 출루율을 보이고 있었다.

'절대 내보내면 안 돼.'

포수 토미 머피가 바깥쪽 꽉 찬 포심 패스트볼을 요구했다. 제인 그레이도 단단히 고개를 끄덕이고는 있는 힘껏 공을 내던졌다.

퍼엉!

묵직한 포구음과 함께 공이 홈 플레이트를 스쳐 지났다. 하지만 구심의 손은 올라가지 않았다. 공이 높았다고 판단한 것이다.

"잘 봐요. 이 정도면 들어오지 않았어요?"

토미 머피가 짓궂게 웃으며 구심을 바라봤다. 그러자 구심이 퉁명스럽게 중얼거렸다.

"적당히 해."

오늘 경기에서 토미 머피는 단번에 공을 잡아내는 법이 없었다. 바깥쪽으로 빠지는 공은 끌어당기고 높게 제구되는 공은 힘으로 억눌렀다.

한복판으로 몰리다시피 들어오는 공이 아니면 모든 포구 순간마다 손장난을 했다. 스트라이크를 넉넉하게 잡아주고 있는데도 말이다.

물론 양키즈의 아담 앤더슨도 만만찮게 미트를 움직여

댔다. 하지만 적어도 토미 머피처럼 완전히 빠지는 공을 가지고 장난을 치려 들지는 않았다.

"그러죠, 뭐."

토미 머피가 머쓱하게 웃으며 제인 그레이에게 공을 돌려주었다. 너무 티가 나게 프레이밍을 한 것 같아 일부러 장난을 친 건데 저렇게 쌀쌀맞게 반응할 줄은 예상하지 못한 것이다.

'그러니까 제인, 제발 컨트롤에 신경을 쓰라고. 공이 자꾸 빠져나가잖아.'

토미 머피는 제인 그레이에게 긴장을 풀라는 사인을 보냈다. 쓸데없이 어깨에 힘이 들어가니 투구 지점부터 공이 홈 플레이트를 벗어나는 게 눈에 보일 정도였다.

하지만 전광판에 찍힌 99mile/h이라는 숫자에 정신이 팔린 제인 그레이는 토미 머피의 사인이 눈에 들어오지 않았다.

'젠장할. 또 99마일이라니.'

제인 그레이가 신경질적으로 로진백을 주물렀다. 제구도 포기한 채 이를 악물고 공을 던지는데 어째서 점점 구속이 떨어지는지 이해가 가질 않았다.

'자, 제인. 정신 차려! 이번에는 스트라이크를 잡아야 해!'

토미 머피가 몸 쪽으로 붙는 체인지업을 요구했다. 패스트볼 계열보다 변화구의 제구가 좋은 만큼 일단 스트라이크를 잡고 가겠다는 계산이었다.

살짝 미간을 찌푸리던 제인 그레이가 마지못해 고개를 끄덕거렸다. 자신의 포심 패스트볼을 믿지 못하는 토미 머피의 사인이 마음에 드는 건 아니지만 일단은 스트라이크가 필요해 보였다.

후앗!

잠시 숨을 고르던 제인 그레이가 힘껏 공을 내던졌다. 확실히 구속에 대한 부담이 없어서인지 공은 정확하게 토미 머피의 미트 속으로 빨려 들어갔다.

"스트라이크!"

구심도 군말 없이 스트라이크를 선언했다. 오직 공이 붙었다고 판단하고 방망이를 내밀지 않았던 비비 그레고리우스만 불만스럽게 고개를 흔들어 댔다.

"좋아, 좋아!"

토미 머피는 만족스러운 얼굴로 고개를 끄덕였다. 볼카운트를 맞춘 것보다 제인 그레이가 모처럼 제대로 된 공을 던졌다는 사실이 기분 좋았다.

'그래, 그렇게 자연스럽게 던지라고.'

제인 그레이가 안정을 되찾았다고 생각한 토미 머피가 3구째 바깥쪽을 파고드는 백도어성 슬라이더를 요구했다.

구심의 바깥쪽 스트라이크존이 넓은 만큼 어느 정도 걸치기만 해도 스트라이크 판정을 받아낼 수 있다고 판단했다.

'또 변화구라니.'

제인 그레이가 내키지 않는 얼굴로 공을 내던졌다. 그래서일까. 마지막 순간에 홈 플레이트로 파고들어야 할 공이 그대로 바깥쪽으로 흘러나가 버렸다.

'젠장할!'

토미 머피의 얼굴이 다시 일그러졌다. 어떻게든 스트라이크를 잡고 승부를 유리하게 끌고 갔어야 했는데 하필이면 잘 들어가던 슬라이더가 말썽을 부렸다.

'어쩔 수 없지.'

잠시 고심하던 토미 머피가 포심 패스트볼 사인을 냈다.

코스는 몸 쪽.

비비 그레고리우스의 시선을 바깥쪽으로 유도해 낸 만큼 적당히 몰리는 공이라도 힘으로 이겨낼 수 있다고 여겼다.

사인을 확인한 제인 그레이가 기다렸다는 듯이 고개를 끄덕였다. 그리고는 이를 악물고 공을 내던졌다.

후앗!

공이 손끝을 빠져나가는 순간 제인 그레이는 씩 웃었다. 이번에는 제대로 공이 걸렸다고 생각한 것이다.

비비 그레고리우스의 눈에도 이번 공은 초구보다 빠르게

느껴졌다. 아니, 오늘 타석에서 봤던 공들 중 가장 빠른 공이 날아드는 것 같았다.

그러나 비비 그레고리우스는 조금도 주눅 들지 않았다. 오히려 이를 악물고 방망이를 휘돌렸다. 그 빠른 공이 딱 치기 좋은 코스로 몰려서 들어왔기 때문이었다.

따악!

시원한 방망이 소리와 함께 타구가 좌익수와 중견수 사이에 떨어졌다. 그사이 발 빠른 비비 그레고리우스는 2루까지 내달렸다.

중견수 필 존스가 재빨리 2루로 송구를 했지만 2루심은 비비 그레고리우스의 발이 먼저 들어왔다고 판단했다.

월트 와이스 감독이 발끈하며 마치 비디오판독을 요청할 것처럼 굴었지만 세이프 같다는 톰 러너 벤치 코치의 사인을 받고는 멋쩍게 웃으며 몸을 돌려야 했다.

—세이프죠. 저건 누가 봐도 세이프입니다.

—트레어 스토리의 태그 동작부터가 좋지 않았습니다.

—어쨌든 양키즈는 절호의 기회를 맞이하게 됐습니다.

—네, 무사 주자 2루 상황에서 중심 타선으로 연결됩니다. 여기서 한 점만 뽑아내 줘도 오늘 호투 중인 한정훈의 어깨를 가볍게 만들어줄 수 있습니다.

양키즈 중계진의 기대 속에 3번 타자 더스티 애클리가 타석에 들어왔다. 첫 타석에서 1루수 앞 땅볼로 물러나서일까. 더스티 애클리는 초구부터 의욕적으로 방망이를 휘둘렀다.

따악!

방망이에 걸린 타구가 큼지막한 포물선을 그리며 좌익수 쪽으로 날아갔다. 그 소리가 어찌나 요란스럽던지 제인 그레이가 반사적으로 타구를 좇아 고개를 돌릴 정도였다.

다행히도 타구는 워닝 트랙 앞에서 좌익수 헤라도 파라의 글러브에 붙들렸다. 비비 그레고리우스가 태그 업 플레이를 시도했지만, 헤라도 파라의 송구가 정확하게 3루로 향하면서 중간에 다시 2루로 돌아올 수밖에 없었다.

무사 2루 상황이 1사 2루 상황으로 바뀌었다. 그리고 돌아온 4번 타자 그린 버드가 타석에 들어섰다.

-그린 버드의 두 번째 타석입니다.

-첫 타석에서는 의욕이 앞선 나머지 아쉽게 삼진을 당했습니다만 이번 타석은 다를 거라고 생각됩니다.

양키즈 중계진은 찬스에 강했던 그린 버드가 뭔가 보여줄 것이라고 확신했다.

반면 로키즈 중계진은 아직 컨디션을 회복하지 못한 그린 버드가 제인 그레이에게 삼진을 당했다는 사실을 언급하며 이번에도 별다른 이변은 일어나지 않을 것이라고 예상했다.

"후우……."

스파이크로 타석을 고르며 그린 버드가 길게 숨을 내쉬었다.

그토록 고대하던 양키즈 스타디움에 돌아왔건만 첫 타석에서는 너무나 어이없는 공에 삼진을 당하고 말았다. 그것도 바깥쪽으로 완전히 빠지는 포심 패스트볼에 말이다.

'이번에는 안타를 때려내야 해.'

그린 버드가 방망이를 단단히 움켜쥐었다. 부상 복귀 후 곧바로 4번 타자로 선발 출장시켜 준 조지 지라디 감독의 기대에 부응하기 위해서라도 여기서 뭔가 보여줄 필요가 있었다.

하지만 제인 그레이의 종잡을 수 없는 포심 패스트볼은 솔직히 때려낼 자신이 없었다. 가뜩이나 타격 컨디션도 완전치 않은데 포심 패스트볼을 좇다가 더 엉망이 될 것만 같았다.

'변화구를 노리자.'

그린 버드는 머릿속에서 패스트볼을 지워 버렸다. 대신 스트라이크존에 형성되는 변화구에 초점을 맞췄다.

제인 그레이가 던지는 변화구는 체인지업과 슬라이더, 커브였다. 그중 주로 던지는 건 체인지업과 슬라이더였다.

'좌타자를 상대로는 체인지업을 더 자주 던지니까 체인지업을 기다리는 게 낫겠어.'

그린 버드는 슬라이더와 커브까지 머릿속에 지우고 체인지업 하나만 보고 타석에 임했다. 그런 줄도 모르고 포수 토미 머피는 초구에 체인지업 사인을 냈다.

'중심 타자에게 볼카운트가 불리해져 봐야 좋을 게 없으니까……'

토미 머피는 제인 그레이의 제구가 불안한 만큼 초구에 스트라이크를 잡고 가는 편이 중요하다고 판단했다. 그래서 오늘 스트라이크 적중률이 가장 높은 체인지업으로 초구를 선택한 것이다.

"젠장, 초구부터 체인지업이라니."

제인 그레이가 불만스럽게 투덜거렸다. 직전 대결 때 패스트볼만 3개를 던져 세 차례의 헛스윙을 이끌어낸 그린 버드에게 체인지업을 던져야 한다는 게 솔직히 이해가 되질 않았다.

그렇다고 주자를 2루에 둔 상황에서 포수와 실랑이를 벌일 수도 없는 노릇이었다.

'일단 던지긴 하겠지만 얻어맞으면 네 책임이야, 토미.'

눈으로 2루 주자를 한 번 견제한 뒤 제인 그레이가 힘껏 투수판을 박찼다.

후아앗!

제인 그레이의 손끝을 빠져나간 공이 홈 플레이트 바깥쪽을 향해 날아갔다.

그 순간.

'걸렸다!'

그린 버드가 망설이지 않고 방망이를 휘돌렸다.

따악!

원하던 몸 쪽 코스는 아니었지만 그린 버드는 힘들이지 않고 방망이 중심에 공을 맞춰냈다.

타구는 유격수 키를 살짝 넘기고 좌익수 앞으로 굴러갔다. 유격수 트레어 스토리가 잰걸음으로 뒤로 물러나며 타구를 쫓아봤지만 끝내 잡아내지 못했다.

그사이 발 빠른 2루 주자 비비 그레고리우스가 3루를 돌아 홈으로 내달렸다.

"멈춰! 멈추라고!"

3루 코치 조이 에스파가 다급히 소리쳤다. 타구가 느리긴 해도 헤라도 파라의 어깨를 감안하면 홈에서 살 수 있다는 보장이 없었다.

하지만 비비 그레고리우스는 발을 멈추지 않았다. 헤라도 파라의 어깨보다 이대로 선취점의 기회가 날아가는 게 더 두렵게 느껴진 것이다.

'한 점만 뽑아내도 이길 수 있어!'

비비 그레고리우스는 마운드에 서 있는 한정훈을 믿었다. 오늘따라 컨디션이 좋은 한정훈이라면 한 점만 뽑아내 줘도 오늘 경기를 승리로 이끌 것이라는 확신이 들었다.

반면 5번 타순으로 자리를 옮긴 제이크 햄튼은 별로 믿음 직스럽지가 않았다. 최근 5경기 타율도 1할밖에 되지 않았다.

조이 에스파 코치의 말을 듣고 3루에 멈춰 섰다가 제이크 햄튼이 병살타를 때릴까 봐 마음을 졸일 것인가.

아니면 죽이 되든 밥이 되든 간에 자신의 발로 승부를 볼 것인가.

찰나의 고민 속에 비비 그레고리우스는 후자를 선택했다. 그리고 저만치 보이는 홈을 향해 빠르게 헤드 퍼스트 슬라이딩을 감행했다.

촤르르륵!

비비 그레고리우스의 쭉 뻗은 팔이 흙먼지를 일으키며 홈 플레이트로 향했다.

그와 동시에 헤라도 파라의 송구를 받은 토미 머피가 미트째로 홈 플레이트를 찍어 눌렀다.

"뭐, 뭐야?"

"살았어? 산 거야?"

더그아웃에 앉아 있던 양 팀 선수들이 동시에 자리에서 벌떡 일어났다. 아직 경기 중반이긴 했지만, 이번 홈 승부로 인해 팽팽했던 경기의 흐름이 뒤바뀔 수 있었다.

구심도 확실한 판정을 내리기 위해 흙먼지가 가라앉을 때까지 홈 플레이트만 노려보았다.

그리고 잠시 후.

"세이프!"

비비 그레고리우스의 손가락 끝이 토미 머피의 미트 밑에 깔렸다는 걸 확인하고는 주저 없이 양팔을 펼쳤다.

"그렇지!"

"비비! 잘했어!"

양키즈 선수들은 흙투성이가 된 채 더그아웃으로 돌아온 비비 그레고리우스를 격렬하게 환영했다.

평소에는 말없이 더그아웃에 앉아 있던 한정훈도 이번만큼은 자리에서 일어나 비비 그레고리우스의 뒤통수를 요란스럽게 쓰다듬어주었다.

"쳇, 저 자식이."

대기 타석에 서 있던 제이크 햄튼이 살짝 미간을 찌푸

렸다. 팀이 한 점을 얻긴 했지만, 솔직히 기분이 좋지 않았다.

조이 에스파 3루 코치의 멈춤 지시도 무시하고 무리하게 홈 승부를 벌인 비비 그레고리우스에게 자신이 누려야 할 모든 걸 전부 빼앗긴 것만 같았다.

안타를 치고 나간 그린 버드도 마음에 들지 않았다. 비비 그레고리우스가 홈 승부를 펼쳤다면 어떻게든 2루를 훔쳐야 했는데 그러질 못했다. 덕분에 어지간한 안타로는 덩치 큰 그린 버드를 홈으로 불러들이는 게 불가능해 보였다.

'이렇게 된 이상 홈런을 때려야 해.'

제이크 햄튼은 방망이를 단단히 움켜쥐었다. 하지만 그 모습이 제인 그레이의 눈에는 가소롭게만 보였다.

'운 좋게 한 점 얻어냈다고 내가 우스운가 본데 두고 보자.'

제인 그레이가 이를 악물고 공을 내던졌다. 때마침 토미 머피도 바깥쪽 포심 패스트볼을 요구했다. 스트라이크를 떠나 포심 패스트볼을 하나 보여줄 필요가 있다고 판단한 것이다.

그런데 바깥쪽으로 빠져나가야 할 공이 또다시 한가운데로 몰리고 말았다. 그리고 그 공을 제이크 햄튼이 놓치지 않고 받아쳤다.

따악!

요란한 소리와 함께 제이크 햄튼이 주먹을 움켜쥐었다. 반면 제인 그레이는 고개를 떨어뜨렸다. 인정하고 싶지 않지만 소리만으로도 타구의 결말이 머릿속에 그려진 것이다.

　–큽니다! 타구가 계속해서 날아갑니다!

　–저건 넘어갔어요!

　–좌익수 헤라도 파라가 타구를 멍하니 지켜봅니다. 투런 홈런! 제이크 햄튼! 지명 타자로 출전한 첫 경기에서 시즌 5번째 홈런을 때려냅니다.

　–한가운데로 몰린 공이었는데 방망이 중심에 정확하게 걸렸네요. 제이크 햄튼, 빠른 공에는 확실히 강한 타자입니다.

　–이로써 양키즈가 로키스를 3점 차로 리드합니다.

　–이렇게 되면 한정훈의 어깨는 더욱 가벼워지겠네요.

　–이 점수 차이가 유지가 된다면 오늘 아롤디르 채프먼을 볼 수 있겠는데요?

　–한정훈이 8회까지 깔끔히 막아주고 아롤디르 채프먼이 9회에 나온다면 최고의 그림이 되겠죠.

　–한정훈의 대기록도 좋지만 오래 쉰 아롤디르 채프먼을 위해서라도 세이브 기회가 만들어지길 기대해 봅니다.

양키즈 중계진은 오늘 경기가 한정훈으로 시작해 아롤디르 채프먼으로 끝나길 바랐다.

시즌 초반 주춤했던 아롤디르 채프먼은 5월 이후 구위를 완벽하게 회복하며 양키즈의 뒷문을 확실히 틀어막고 있었다.

하지만 최근 들어 팀의 패배가 잦아지면서 아메리칸리그 세이브 타이틀 경쟁에서 상당히 뒤처진 상태였다.

그러나 후속 타자들이 흔들리는 제인 그레이를 쉴 새 없이 두드리며 3점을 추가, 점수는 6 대 0까지 벌어졌다.

로키스의 월트 와이스 감독이 먼저 투수 교체 카드를 뽑아 들며 빅 이닝을 끝냈지만, 분위기상 아롤디르 채프먼이 마운드에 오르기란 쉽지 않아 보였다.

"이렇게 된 이상 한정훈에게 오늘 경기를 맡기는 게 어떨까요?"

로비 토마스 벤치 코치가 조심스럽게 말했다. 한정훈의 투구 수가 31구에 불과한 만큼 완투를 하는 데는 아무런 문제가 없었다.

"아니야. 굳이 오늘 경기에서 한정훈을 고생시킬 필요는 없을 것 같아."

잠시 까끌까끌한 수염을 매만지던 조지 지라디 감독이 가볍게 고개를 흔들어 댔다.

6점의 리드는 굳이 한정훈이 아니더라도 양키즈의 투수 자원으로 충분히 지켜낼 수 있었다.

더욱이 최근 들어 한정훈 혹사론이 고개를 드는 만큼 완투까지 시킬 필요는 없어 보였다.

"그럼 마음을 정하신 겁니까?"

로비 토마스 코치가 다시 물었다. 그러자 조지 지라디 감독이 대답 대신 빙긋 웃어 보였다.

오늘 경기에 앞서 조지 지라디 감독은 로비 토마스 코치와 두 가지 로테이션을 두고 고민했다.

하나는 휴식일을 활용해 그동안 선발 경쟁으로 고생했던 테너 제이슨의 등판을 한 차례 거르고 한정훈의 등판 일정을 당기는 것.

다른 하나는 로테이션 변경 없이 기존의 선발 순서를 고수하는 것.

로키스와의 홈 2연전이 끝나면 양키즈는 하루를 쉰 뒤 홈 트윈스-레인저스로 이어지는 홈 8연전에 들어가게 된다.

이때 선발 로테이션을 조정하면 한정훈을 두 번 등판시킬 수 있다는 장점이 있었다.

홈경기에서 압도적으로 강한 한정훈이 트윈스와의 3차전에 이어 8연전의 마지막 경기에 등판해 줄 경우 홈 10연전 안에 5할 승률을 회복하겠다는 조지 지라디 감독의 계획도 현실이 될 가능성도 커졌다.

그래서 로비 토마스 코치도 조지 지라디 감독의 구상에 어느 정도 공감의 뜻을 보였다.

문제는 한정훈의 컨디션이었다. 로키스 원정에서 첫 패배를 떠안은 한정훈의 컨디션이 회복되지 않을 경우 무리해서 선발 로테이션을 바꾸다 언론의 질타를 받을 가능성이 컸다.

하지만 다행히도 경기 초반부터 한정훈은 다시 예전처럼 압도적인 구위를 뽐내기 시작했다.

홈경기에서 강해서일 수도 있고 한국에서 찾아온 멘토 덕분일 수도 있지만 조지 지라디 감독은 일찌감치 선발 로테이션 변경을 확정 지었다.

이번 홈 10연전이 끝나면 원정 10연전을 치른 뒤 올스타 브레이크를 맞는 일정을 고려하더라도 양키즈 팬들을 위해 에이스 투수를 한 번이라도 더 홈경기에 등판시키는 게 당연하다고 여겼다.

"알겠습니다."

로비 토마스 코치가 선선히 고개를 끄덕거렸다. 한정훈이 퍼펙트를 이어가는 상황이긴 했지만, 로키스 타선이 만만치 않은 만큼 대기록을 작성할 가능성은 크지 않다고 내다봤다.

'차라리 5회에 안타를 하나 내주는 편이 나을 것 같은데.'

로비 토마스 코치는 6점을 헌납한 로키스의 중심 타선이

5회에 조금만 분전해 주길 바랐다.

그러나 한정훈은 큰 점수 차이로 앞서고 있다고 해서 시즌 첫 패배를 안긴 로키스를 대충 상대할 마음이 눈곱만큼도 없었다.

선두 타자로 나온 4번 타자 놀란 아레나스에게 한정훈은 초구부터 104mile/h(≒167.3㎞/h)의 몸 쪽 포심 패스트볼을 던져 스트라이크를 잡아냈다.

그리고 곧바로 바깥쪽으로 흘러나가는 변형 체인지업으로 파울 타구를 유도한 뒤에 3구째 몸 쪽 하이 패스트볼을 내던져 놀란 아레나스를 두 타석 연속 3구 삼진으로 잠재워 버렸다.

이때까지만 해도 조지 지라디 감독과 로비 토마스 코치의 표정은 밝았다.

하지만 한정훈이 5번 타자 칠리 블랙먼과 6번 타자 트레어 스토리를 연속 삼진으로 잡아낸 데 이어 6회 초에도 빈 폴슨-토미 머피-헤라도 파라로 이어지는 하위 타선을 전부 삼진으로 돌려세우자 머릿속이 복잡해지기 시작했다.

-한정훈, 6이닝 동안 완벽한 피칭을 이어가고 있습니다.

-단 한 명의 타자에게도 안타를 내주지 않았습니다.

-사사구도 없었죠.

-실책으로 인한 출루도 없었습니다.

　-이 정도면 시청자 여러분도 무슨 이야기인지 충분히 이해할 거라고 생각합니다.

　6회가 끝난 시점부터 양키즈 중계진은 한정훈의 대기록 작성 가능성을 조심스레 점치기 시작했다.

　대기록을 입에 올릴 경우 달성 직전에 무산된다는 징크스가 있는 만큼 직접적인 언급은 자제했지만, 한정훈에게 필요한 아웃 카운트가 하나씩 줄어들 때마다 다양한 표현들로 기대감을 고조시켰다.

　로키스 중계진도 로키스 타선이 7회까지 한정훈에게 꽁꽁 틀어 막히자 대기록의 희생양이 될 수도 있다고 경고했다.

　-하아, 이제 아웃 카운트가 6개밖에 남지 않았습니다.

　-오늘 전체적으로 타자들의 집중력이 형편없어요.

　-최근 분위기가 솔직히 이 정도로 몰릴 정도는 아니었는데 말이죠.

　-한정훈의 빠른 템포의 피칭에 타자들이 좀처럼 적응을 하지 못하는 느낌입니다.

　-타자들에게 생각할 시간을 주지 않고 있어요. 인정하고 싶지 않지만, 한정훈은 확실히 영리한 투수입니다.

-하지만 아직 로키스의 중심 타선이 남아 있으니까요.

-다음 이닝 때 놀란 아레나스가 한정훈과의 천적 관계를 시원하게 날려 버렸으면 좋겠습니다.

7회 말 양키즈의 공격이 무득점으로 끝이 나고 8회 초 로키스의 공격이 시작되자 양키즈 스타디움에 긴장감이 감돌기 시작했다.

4번 타자 놀란 아레나스.

한정훈에게 연속 3구 삼진을 당하긴 했지만, 로키스가 자랑하는 올스타 플레이어가 선두 타자로 나오고 있었다.

"제발, 제발."

"아레나스만 넘어가면 돼. 아레나스만 넘어가면 대기록도 꿈이 아니야!"

양키즈 팬들이 한목소리로 기도했다. 그러자 극소수 로키스 응원단도 재빨리 두 손을 모았다.

"아레나스! 제발 하나만 때려줘!"

"홈런까지는 바라지도 않아. 시원한 안타! 그것 하나면 충분하다고!"

양 팀 팬의 간절한 염원이 양키즈 스타디움을 뒤덮었다. 덩달아 양 팀 중계석도 불필요한 멘트를 삼가며 경기에 집중했다.

"후우……."

타석에 들어선 놀란 아레나스의 입가를 타고 무거운 한숨이 흘러나왔다.

이제 8회 초. 퍼펙트게임을 달성하기 위해서는 앞으로 여섯 명의 타자를 완벽하게 잡아내야 했다.

단순히 상황만 놓고 본다면 다섯 명의 동료를 남겨둔 놀란 아레나스 쪽이 여유롭게 느껴졌다. 하지만 정작 한정훈과 놀란 아레나스의 표정은 완전히 뒤바뀌어 있었다.

대기록 따위는 신경 쓰지도 않는다는 얼굴로 경기를 즐기는 한정훈.

팀이 퍼펙트게임의 희생양으로 몰린 게 4번 타자인 자신의 부진 때문인 것 같아 어깨가 무거운 놀란 아레나스.

'끝났군.'

마스크를 쓴 구심의 입가로 쓴웃음이 번졌다.

둘의 세 번째 맞대결은 아직 시작조차 하지 않았지만 기싸움에 눌려 버린 놀란 아레나스가 한정훈의 공을 때려내긴 어려워 보였다.

포수석에 앉은 아담 앤더슨도 비슷한 느낌을 받았다. 한정훈을 상대로 별다른 재미를 보지 못하고 있지만 놀란 아레나스는 메이저리그에서도 손꼽히는 홈런 타자였다. 하지만 이상하게도 타석에서 별다른 위압감이 전해지지 않았다.

'그래도 조심해서 나쁠 건 없지.'

잠시 고심하던 아담 앤더슨은 바깥쪽으로 미트를 움직였다.

구종은 투심 패스트볼.

홈 플레이트 바깥쪽에서 안쪽으로 휘어져 들어오는, 제아무리 놀란 아레나스라고 해도 초구부터 쉽게 대응하지 못할 곳을 요구했다.

사인을 받은 한정훈은 묵묵히 고개를 끄덕였다.

초구부터 백도어성 투심 패스트볼을 던져 스트라이크존에 꽂아 넣는다는 게 말처럼 간단한 일은 아니지만, 지금의 컨디션으로는 그보다 더 어려운 요구도 얼마든지 응할 수 있을 것 같았다.

후아앗!

한정훈이 힘껏 내던진 공이 홈 플레이트 바깥쪽으로 치우쳤다. 그러더니 마지막 순간 방향을 바꾸어 홈 플레이트 가장자리를 훑으며 사라졌다.

다른 경기였다면 볼 판정이 나올 만한 코스였다. 그러나 바깥쪽 스트라이크존을 넓게 잡고 있는 구심은 군말 없이 팔을 들어 올렸다.

"이게 스트라이크라고요?"

놀란 아레나스가 구심을 노려봤다.

마치 오늘 한정훈에게 연속 3구 삼진을 당한 게 구심의 엉터리 같은 스트라이크 판정 때문이라고 생각하는 모양이었다.

그러나 구심은 별다른 반응을 보이지 않았다. 메이저리그 커리어가 대단치 않은 선수라면 퇴장시키겠다고 으름장이라도 놓았겠지만 놀란 아레나스에게는 차마 그럴 수가 없었다.

"젠장할!"

놀란 아레나스가 입술을 질근 깨물었다.

한정훈의 손끝을 빠져나온 순간 볼이라고 확신했던 공이 마지막 순간 스트라이크로 돌변해 버렸다.

조금 더 홈 플레이트로 붙어 들어왔다면 건드려 보기라도 했겠지만, 공은 때려내기에 너무나 먼 코스를 지나쳐 버렸다.

덕분에 아무것도 하지 못하고 원 스트라이크를 먹고 말았다.

'괜찮아. 침착하자, 침착해. 이제 곧 포심 패스트볼이 들어올 거야. 그걸 노리면 돼.'

놀란 아레나스는 애써 마음을 다잡았다. 그리고 처음 노림수대로 포심 패스트볼이 들어오길 기다렸다.

오늘 한정훈의 포심 패스트볼은 빠르고 날카로웠다. 게다가 대부분의 공이 103mile/h(165.7km/h) 전후로 놀고 있었다.

'유인구는 던지지 않겠지. 분명 스트라이크를 던질 거야.'

놀란 아레나스가 아랫입술을 질근 깨물었다.

로키스의 간판타자인 놀란 아레나스에게 바깥쪽 공으로 초구 스트라이크를 잡았다면 어지간한 투수들은 공하나 정도 유인구를 던지려 들겠지만, 한정훈은 달랐다.

자신은 물론이고 카를로 곤잘레스를 상대하면서도 도망치듯 유인구를 남발하는 경우가 없었다.

앞선 두 타석에서도 놀란 아레나스는 한정훈의 몸 쪽 포심 패스트볼에 꼼짝없이 당했다.

2회와 5회 모두 초구와 3구째 들어온 몸 쪽 포심 패스트볼을 놓쳐 삼진을 먹었다.

6개의 공 중 무려 4개나 몸 쪽 포심 패스트볼이 들어왔는데 단 하나도 건드리지 못했다.

하지만 그렇다고 해서 수확이 아예 없었던 것은 아니다. 적어도 한정훈의 몸 쪽 포심 패스트볼만큼은 타이밍을 맞춰볼 자신이 생겼다.

100% 확실한 건 아니지만 또다시 몸 쪽 포심 패스트볼이 들어온다면 앞선 두 타석처럼 허무하게 물러나지는 않을 생각이었다.

그래서 놀란 아레나스는 일부러 홈 플레이트 쪽으로 두 발을 밀어붙였다. 바깥쪽 공을 의식하는 것처럼 굴어서 몸 쪽 공이 들어오도록 유도했다.

경험이 부족한 아담 앤더슨은 놀란 아레나스의 잔꾀에 쉽게 넘어갔다.

'앞선 타석에서 몸 쪽 공에 당했으니까 볼 배합이 바뀔 거라고 생각했나 본데 어림없지.'

아담 앤더슨이 기다렸다는 듯이 몸 쪽 포심 패스트볼을 요구했다. 사인을 확인한 한정훈이 살짝 고개를 갸웃거렸지만, 아담 앤더슨은 그걸 알아채지 못했다.

그저 몸 쪽 패스트볼로 놀란 아레나스의 허를 찌르겠다는 생각에 들떠 있었다.

'아무래도 몸 쪽을 노리는 느낌인데…….'

한정훈은 투수판에서 잠시 발을 풀었다. 그리고 천천히 마운드의 흙을 골랐다.

"아무래도 사인이 안 맞나 본데요."

관중석에서 그 모습을 지켜보던 김상엽 팀장의 얼굴이 굳어졌다.

베이스 볼 61에 처음 입사했을 때까지만 해도 야구 룰을 헷갈리던 그였지만 지금은 반 전문가가 되어 있었다.

야구 관련 지식은 물론이고 한정훈의 사소한 행동까지 놓치는 경우가 없었다.

서재훈의 양키즈 행을 이끈 것도 다름 아닌 김상엽 팀장이었다. 시즌 중에 한국에 갈 수 없는 한정훈을 위해 구단 측에 서재훈이 한정훈의 멘토라는 사실을 일러주었다.

그래서 브라이언 캐시 단장도 서재훈을 콕 집어 초청한 것이다.

김상엽 팀장이 알기론 한정훈은 어지간해서 포수의 사인에 고개를 흔드는 법이 없었다.

제리 산체스처럼 제멋대로인 포수와는 마찰이 심했지만, 어느 정도 호흡이 맞는다 싶은 포수에게는 리드를 맡기는 편이었다.

그런 한정훈이 평소 안 하던 짓을 하며 시간을 끈다는 건 포수의 사인이 마음에 들지 않는다는 신호였다.

'아직 9회도 아닌데……. 벌써 깨지면 안 되는데…….'

김상엽 팀장은 혹시라도 한정훈의 퍼펙트 행진이 깨질까 봐 속으로 끙끙 앓았다. 반면 서재훈은 교포가 주고 간 핫도그를 여유롭게 먹으며 경기를 즐겼다.

"너무 그렇게 불안해하지 않아도 괜찮을 겁니다. 사인이 매번 맞는 것도 이상한 거죠. 퍼펙트게임을 한 번도 못해 본 나 같은 투수라면 모를까 정훈이는 긴장도 안 할 겁니다. 두고 보세요."

서재훈은 굳이 걱정하지 않아도 한정훈이 알아서 잘 해낼 것이라고 여겼다. 그리고 잠시 후, 생각을 정리한 듯 한정훈이 다시 투수판을 밟고 섰다.

잠시 바깥으로 물러나 있던 놀란 아레나스도 타석에 들어왔다. 타석 위치는 처음과 같았다. 그것을 확인한 아담 앤더슨이 또다시 몸 쪽 포심 패스트볼 사인을 냈다.

'모두가 몸 쪽을 원한다면 던져 줘야지.'

한정훈도 이내 고개를 끄덕였다. 그리고는 놀란 아레나스의 몸 쪽을 향해 있는 힘껏 공을 내던졌다.

후아앗!

한정훈의 손끝에서 공이 빠져나오자 놀란 아레나스가 기다렸다는 듯이 방망이를 내돌렸다.

패스트볼과 유사한 회전. 몸 쪽.

확인 가능한 정보는 이 두 가지뿐이었지만 놀란 아레나스는 눈을 반짝거렸다. 이번 공을 통해 그동안 한정훈에게 당했던 걸 전부 되갚아줄 수 있다고 생각한 것이다.

그러나 정작 공은 방망이의 중간 부분을 스치고 백네트를 넘겨 버렸다. 놀란 아레나스의 예상보다 한정훈의 공이 안쪽으로 깊숙이 파고든 것이다.

"젠장할!"

놀란 아레나스가 아쉬움에 몸서리를 쳐 댔다.

공이 스트라이크존을 통과했다면 홈런까지는 무리더라도 퍼펙트를 깨뜨리는 안타를 때려낼 수 있었을 텐데!

설마하니 이 타이밍에 한정훈이 몸 쪽에 붙는 볼을 던지리라고는 전혀 예상하지 못했다.

당황한 건 아담 앤더슨도 마찬가지였다.

바깥쪽 공을 노리는 것처럼 굴면서 몸 쪽 공에 번개같이 스윙을 한 놀란 아레나스와 그걸 예상하고 일부러 몸 쪽에 빠지는 공을 던진 한정훈.

이 둘이 펼친 일구 승부에 혼자만 방관자가 된 듯한 기분마저 들었다.

하지만 아담 앤더슨은 자신의 감정을 내색하지 않았다. 마치 사인대로 한정훈이 던지기라도 한 것처럼 나이스 볼을 외치며 한정훈에게 공을 돌려주었다.

"제법 능구렁이 같단 말이야."

한정훈이 피식 웃음을 흘렸다. 아직 포수로서 다듬어야 할 부분이 많았지만 이대로만 성장해 준다면 어느 팀에 데려다 놔도 손색없을 좋은 선수가 될 것 같았다.

'그럼 이제 게임을 끝내보실까?'

한정훈의 시선이 포수석으로 향했다. 그러자 아담 앤더슨이 망설이지 않고 또다시 몸 쪽 공을 요구했다.

구종은 포심 패스트볼.

코스는 높은 쪽 볼.

"하하."

한정훈은 자신도 모르게 웃음이 났다. 자신의 눈앞에 앉아 있는 포수가 조금 전 놀란 아레나스의 노림수에 휘둘리던 루키가 맞나 싶을 정도였다.

그만큼 아담 앤더슨은 단단히 약이 올라 있었다. 놀란 아레나스의 바람대로 몸 쪽 공을 요구했다가 하마터면 한정훈의 퍼펙트게임을 망칠 뻔했으니 속이 부글부글 끓어오르는 것도 무리는 아니었다.

'이 공을 치고 싶었나 본데 어디 다시 한 번 쳐 보라고.'

아담 앤더슨이 단단히 미트를 받쳐 들었다. 그 순간 한정훈이 투수판을 박차고 몸을 앞쪽으로 내던졌다.

후아앗!

한정훈의 손끝을 빠져나온 공이 곧바로 놀란 아레나스의 두 눈에 포착됐다.

'몸 쪽 포심 패스트볼!'

구종과 코스를 확인한 놀란 아레나스의 눈동자가 커졌다.

비록 파울이 되긴 했지만 2구째 타이밍은 어느 정도 맞아떨어졌다. 그런데 또다시 몸 쪽 포심 패스트볼이라니!

자신을 우습게 여기고 승부구를 던진 건지 아니면 다른 꿍꿍이가 숨겨진 것인지 확신이 서질 않았다.

'일단 쳐 내자!'

잠깐의 고심 끝에 놀란 아레나스는 뒤늦게 방망이를 움직였다.

머뭇거리는 사이 타이밍을 놓친 만큼 정타를 만들어내긴 어렵겠지만 어떻게든 걷어내고 나면 적어도 한동안은 몸 쪽 포심 패스트볼이 들어오지 않을 것이라고 여겼다.

그러나 공은 이번에도 놀란 아레나스가 원하는 궤적을 벗어나 버렸다. 놀란 아레나스는 스트라이크존에 걸쳐 들어오길 바랐지만, 공은 높게 날아들었다.

아담 앤더슨의 미트도 스트라이크존에서 공 세 개 정도 벗어난 아담 앤더슨의 어깨 옆쪽으로 상향 조정된 상태였다.

'속았다!'

뒤늦게 한정훈이 유인구를 던졌다는 사실을 알아챈 놀란 아레나스가 이를 악물며 허리를 멈춰 세우려 노력했다.

하지만 애석하게도 관성을 이기지 못한 방망이의 머리가 홈 플레이트 윗변을 지나쳐 버렸다.

"스트라이크, 아웃!"

아담 앤더슨이 1루심에 확인할 필요도 없이 구심이 삼진 아웃을 선언했다.

로키스의 4번 타자를 상대로 세 타석 연속 3구 삼진.

"크아아아아!"

"한정후우우우운!"

양키즈 스타디움이 용광로처럼 뜨겁게 달아올랐다.

-한정훈! 놀란 아레나스를 또다시 3구 삼진으로 잡아냅니다.

　-몸 쪽 하이 패스트볼이었습니다. 한정훈이 평소 던지는 코스보다 공 두 개 정도가 높았는데 놀란 아레나스가 참아내지 못했습니다.

　-이번 타석에서도 몸 쪽 승부가 주효했는데요.

　-앞선 두 타석과는 달리 놀란 아레나스 선수가 몸 쪽 공을 노렸던 것으로 보입니다. 실제 타이밍도 나쁘지 않았고요.

　-그런데도 공략해 내지 못했다는 건 결국 실력의 차이일까요?

　-놀란 아레나스는 로키스의 레전드가 될 선수입니다. 양키즈에 오더라도 4번 타자 자리를 꿰차겠죠. 하지만 한정훈은 메이저리그의 에이스가 될 선수입니다. 바로 그 차이가 이번 승부를 결정지었다고 생각합니다.

　호르에 포사다가 한정훈을 한껏 치켜세우는 사이 로키스의 8회 초 공격이 끝이 났다.

　5번 타자 칠리 블랙먼은 한정훈의 초구를 건드려 1루수 플라이로 물러났다.

　한정훈의 퍼펙트게임 달성까지 아웃 카운트가 다섯 개밖에 남지 않았다는 부담감과 앞선 두 번째 타석에서 삼진을 당했던 치욕이 더해지면서 초구부터 적극적으로 방망이를 휘둘러 봤지만, 바깥쪽 스트라이크존을 아슬아슬하게 파고 드는 공을 제대로 공략해 내지 못했다.

6번 타자 트레어 스토리도 마찬가지. 놀란 아레나스처럼 세 타석 연속 삼진의 위기에 몰린 터라 한정훈이 2구째 내던 진 J-스플리터를 보기가 무섭게 방망이를 휘돌려 버렸다.

따악!

요란한 타격음과 함께 타구는 빠르게 3루 쪽으로 날아 갔다. 만약 제이크 햄튼이 3루 수비를 보고 있었다면 더듬든지 빠뜨리든지 둘 중 하나는 저지를 만한 타구였다.

하지만 수비 보강을 위해 출전한 3루수 마르쿠스 키엘은 이번에도 군더더기 없는 동작으로 타구를 낚아챈 뒤 1루에 안정적으로 송구하며 한정훈의 퍼펙트 행진을 지켜주었다.

─마르쿠스 키엘! 좋은 수비를 보여줍니다.

─타구가 낮고 빨랐는데요. 포구 지점을 포착하기가 쉽지 않았을 텐데 잘 잡아줬습니다.

─이제 한정훈에게는 세 개의 아웃 카운트만이 남았습니다.

─그때까지 저는 두근거리는 마음을 진정시켜야 할 것 같습니다.

-양키즈의 레전드, 호르에 포사다가 다시 안정을 되찾을 수 있도록 8회 말 공격이 오래 이어지길 바랍니다.

8회 초라는 큰 고비를 넘기자 마크 앨런과 호르에 포사다가 안도의 한숨을 내쉬었다.

로키스에서 두 자릿수 홈런을 기록 중인 카를로 곤잘레스—놀란 아레나스—칠리 블랙먼—트레어 스토리를 전부 넘긴 만큼 한정훈의 퍼펙트게임 달성은 시간문제라고 여겼다.

하지만 월트 와이스 감독은 두 손 놓고 당하고만 있지 않았다. 9회 초 시작과 함께 대타 카드를 내세우며 어떻게든 한정훈의 퍼펙트게임을 저지하려 노력했다.

실제 7번 타순에 등장한 라멜 타피야는 초구에 들어온 바깥쪽 체인지업을 절묘하게 3루 쪽으로 틀며 양키즈 팬들을 철렁하게 만들었다.

월트 와이스 감독의 지시대로 무작정 기습 번트를 댄 게 운 좋게 파울 라인 안쪽으로 들어온 것이다.

다행히 3루수 마르쿠스 키엘이 재빨리 타구를 처리하며 접전 끝에 라멜 타이야를 아웃시켰다.

월트 와이스 감독이 더그아웃을 박차고 나와 비디오 판독까지 신청해 봤지만, 결과는 달라지지 않았다.

그렇게 한숨을 돌린 한정훈은 8번 타자와 9번 타자를 연속 삼진으로 돌려세우며 경기를 끝마쳤다.

9이닝 무피안타 무실점.
탈삼진은 무려 19개.

지난 타이거즈 원정 이후 오래 기다렸던 메이저리그 데뷔
첫 퍼펙트게임이 달성된 순간이었다.

경기가 끝나고 아담 앤더슨은 마운드로 달려와 한정훈을
번쩍 끌어안았다. 뒤이어 다른 선수들도 마운드 주변으로 몰
려와 에이스의 대기록 작성을 축하했다.

"한정훈!"

"네가 최고야!"

양키즈 팬들도 오랫동안 경기장에 남아 기쁨을 함께했다.

경기를 관람하던 일부 투자자들은 구단 측을 통해 한정훈
과 저녁 식사를 함께하고 싶다는 러브콜을 보내기도 했다.

하지만 한정훈은 모든 제안을 정중히 거절했다. 경기 시작
전부터 저녁 선약이 잡혀 있었기 때문이다.

"정훈 씨, 오늘 정말 고생 많았어요."

한정훈은 서재훈과 함께 집으로 돌아가 형수표 만찬을 즐
겼다.

요리 솜씨만큼은 어머니 못지않은 서재훈 아내가 요리에
한정훈은 벨트까지 풀어헤쳤다.

덕분에 식탁에서는 한정훈과 서재훈 간의 불꽃 튀는 식사
대결이 펼쳐졌다.

"자기는 그만 좀 먹고 정훈 씨 줘."

"싫어! 내 마누라가 만든 음식인데 왜 정훈이를 줘?"

"자기는 은퇴했잖아."

"내 몸은 은퇴했을지 몰라도 내 위와 장은 아직 현역이야.
왜 이래?"

서재훈과 형수가 옥신각신하는 동안에도 한정훈은 젓가락
질을 멈추지 않았다. 퍼펙트게임을 달성하고 오랜만에 서재
훈 가족과 함께 식사를 하다 보니 생수마저 꿀맛처럼 느껴
졌다.

그렇게 서재훈의 아내가 몇 시간 동안 만든 요리를 거덜
낸 뒤 한정훈과 서재훈은 서재로 자리를 옮겼다.

조카들이 놀아 달라며 떼를 썼지만, 서재훈은 한정훈이 쉬
어야 한다며 엄한 목소리로 자식들을 달랬다.

"굳이 안 그래도 돼요."

시무룩해진 조카들의 모습에 한정훈은 괜히 멋쩍어졌다.
자신을 만나기 위해 먼 미국까지 왔는데 음식을 해치우는 것
밖에 보여주지 못했으니 한편으론 미안하기까지 했다.

하지만 서재훈은 단호했다.

"굳이 그래야 해. 한 번 받아주면 계속 받아줘야 한다고."

"오랜만에 보는 거잖아요."

"오랜만이니까 괜히 잘 대해주려고 하지 마. 넌 현역 선수야. 네 몸 관리는 네가 해야지. 우리 애들 때문에 다치기라도 하면 양키즈가 날 가만두겠냐?"

"네, 네. 잘 알겠습니다."

서재훈의 잔소리에 한정훈은 두 손 두 발 다 들었다. 그러나 서재훈의 잔소리는 아직 끝나지 않았다.

"상엽 씨에게 이야기 들어보니까 가정부 아직 안 구했다며?"

"마땅한 사람이 없어서요."

"그래도 잘 먹어야 힘을 쓰지."

"구단에서도 잘 챙겨주고 가끔 쇼타네 가서도 얻어먹고 있어요."

"그거하고 집밥하고 같냐?"

"아직 적응이 안 되어서 그래요. 시즌 끝나면 차차 알아볼게요."

"그러게 한국에 있을 때 여자 한 명 안 사귀고 뭐 했냐? 지금도 여자 연예인들은 만만하면 너 찾던데. 그럼 뭐 해? 그림의 떡인데."

서재훈이 진심으로 아쉽다는 표정을 지었다. 그러나 한정훈은 연예인에 대해 별다른 관심이 없었다.

　"연예인은 무슨 연예인이에요."

　"잘나가는 연예인 말고 적당히 참하고 요리 잘하는 연예인 알아보면 되잖아."

　"그런 연예인을 소개해 주고 말하든가요."

　"야, 인마. 내가 그랬단 네 형수가 가만있겠냐? 지금도 아나운서들하고 회식도 못 하게 하는데."

　"어쨌든 당분간은 여자 만날 시간 없어요. 만날 여자도 없고요."

　"너 그러다 좋은 시절 다 가고 나이만 먹어, 인마."

　"그렇게 걱정되면 아는 동생이라도 소개시켜 달라니까요?"

　"그럼 내 사촌 동생 만날래?"

　"그 형하고 똑같이 생겼는데 머리만 길다는 그 아가씨요?"

　"그래, 그렇지 않아도 나만 보면 네 연락처 알려 달라고 떼를 쓰던데."

　"그랬다간 형하고도 인연 끊을 테니까 그리 아세요."

　한정훈과 서재훈은 밤늦게까지 수다를 떨며 회포를 풀었다. 주된 화제는 여자 문제였다. 다른 이야기를 하다가도 결국은 한정훈이 빨리 여자를 만나서 안정된 생활을 해야 한다는 결론으로 이어졌다.

그렇게 나흘간을 더 머물며 한정훈을 들들 볶은 뒤 서재훈은 연락처 하나를 내밀었다.

"이게 뭐예요?"

"뭐긴 뭐야. 여자 연락처지."

"누군데요?"

"이번에 새로 들어온 신입 아나운서 있는데 참해. 착하고. 요리와 필라테스가 취미란다."

"예뻐요?"

"야, 인마. 여자 얼굴 뜯어먹고 살래?"

"그래도 사진은 좀 보여주고 그래야 하는 거 아니에요?"

"예뻐. 방송국에서 스포츠 아나운서 뽑는 기준이 뭐겠냐? 게다가 요리와 필라테스가 취미라잖아."

"그래도 형하고 난 여자 보는 눈이 다른데……."

"쓰읍. 쓸데없는 소리 하지 말고 암튼 한번 만나봐."

"어디서 만나요? 나중에 한국 가서 연락하면 돼요?"

"내가 그럴 거면 뭐 하러 지금 연락처를 주겠냐? 조금만 기다리면 너한테 연락 올 거야."

"나한테요? 뉴욕에 온다고요?"

"그래, 아직 100% 확정된 건 아니지만 이번에 방송사에서 네 전담 리포터로 보내려고 하고 있어."

"무슨 부담스럽게 전담 리포터씩이나."

"그러니까 우리 김 아나 오면 잘 대해줘. 가끔 밥도 사주고. 데이트도 좀 하고."

"노력은 해볼게요."

"그렇다고 너무 진도 빼다가 사고 치지는 말고. 알았지?"

"거참, 알았어요. 서줌마. 그만 좀 해요."

서재훈이 한국으로 돌아가는 날 한정훈은 트윈스와의 3차전에 선발 등판했다. 그리고 8이닝을 2피안타 무실점으로 막아내며 시즌 12승째를 올렸다.

나흘 뒤. 한정훈은 레인저스와의 전반기 마지막 홈경기에 등판해 또 다른 대기록을 수립했다.

9이닝 무피안타 1사사구 무실점.

한정훈의 노히트노런 달성 소식에 미국 언론이 또다시 한정훈이라는 이름 석 자로 도배가 되었다.

87장
원정 10연전(1)

홈 10연전 전까지 양키즈의 포스트시즌 진출은 불투명했다.

33승 37패.

5할 밑으로 떨어진 승률과 한정훈의 구위 저하가 양키즈의 운명을 암시하는 것처럼 보였다.

하지만 홈 10연전을 치르면서 양키즈로 향했던 부정적인 시선들이 뒤바뀌었다.

로키스전 2연승을 시작으로 트윈스전 3승 1패, 레인저스전 3승 1패. 홈 10연전에서 무려 8승을 쓸어 담으며 양키즈가 단숨에 5할 승률을 회복한 것이다.

41승 39패.

아메리칸리그 동부 지구 4위까지 떨어졌던 순위도 블루제이스에 반 경기 앞선 2위까지 올라왔다.

10경기까지 벌어졌던 선두 레드삭스와의 경기 차도 6경기로 좁혀졌다.

지구 우승은 여전히 멀어 보였지만 와일드카드 경쟁에서 3위까지 오르며 사그라지던 포스트시즌 진출 가능성을 되살렸다.

양키즈 팬들은 이 모든 게 한정훈이 홈에서 3승을 거둬준 덕분이라고 입을 모았다.

ㄴ이게 다 한정훈이 결정적일 때마다 승리를 챙겨준 덕분이야. 이번 홈 10연전은 한정훈 시리즈라고 봐도 과하지 않다고.

ㄴ테너 제이슨을 쉬게 하고 한정훈의 등판 일정을 앞당긴다고 했을 때 지라디 감독 멱살을 잡고 싶었는데 그게 제대로 먹힐 줄은 몰랐어.

ㄴ하리모토 쇼타와 다나카 마스히로, 일본 콤비도 잘 해주긴 했지만 역시 최고는 한정훈이지.

ㄴ그걸 뭐 하러 입 아프게 떠드는 거야? 한정훈은 양키즈, 아니, 메이저리그의 에이스라고. 다저스가 커셔와 맞바꾸자고 해도 절대 받아들일 생각이 없어.

┗미쳤어? 커셔 나이를 생각해. 한정훈이 백배 아깝다고.

┗커셔를 포함해 다저스 선발진 전부를 준다면 고려는 해볼 정도 아닐까?

┗앤디 프리드먼이 그런 딜을 할 리도 없겠지만 설사 그런 제안을 해도 받아줄 이유가 없잖아. 안 그래?

┗나는 한정훈이 에이스로 있는 지금의 양키즈가 좋아. 커셔는 필요 없다고.

┗나도 마찬가지야. 커셔 타령하는 애들은 가서 다저스 경기나 보라고.

로키스 원정 패배 때에도 굳건했던 한정훈의 입지는 더욱 단단해졌다. 등판 때마다 팬 투표 MVP를 독식하는 건 당연한 결과였다. 양키즈 열혈 팬들은 벌써 한정훈과의 연장 계약을 추진해야 한다며 목소리를 높였다.

┗양키즈는 뭐 하고 있는 거야? 한정훈의 실력을 확인했는데 왜 아직까지 뭉그적거리고 있어?

┗5년 계약 첫 해잖아. 내후년까지는 지켜볼 생각인가 보지.

┗한정훈에게 장기 계약을 제시할 돈이 없는 거라면 시즌 티켓 값을 올리라고! 그 정도는 얼마든지 사줄 용의가 있다

니까?

　└양키즈 샵을 가 봐! 한정훈과 관련된 상품은 구하는 것 조차 쉽지 않다고!

　└올해 나이가 만으로 스물둘이니까 5년 계약이 끝나면 스물여섯밖에 되지 않아. 다나카 마스히로를 보면 서른 초반 까지도 잘 던지니까 10년 계약까진 문제없을 거 같아.

　└한정훈에게 10년 계약을 안겨주려면 얼마를 써야 하는 거야? 7억 달러? 8억 달러?

　└한정훈에게 줄 돈이 아깝다는 놈들은 양키즈 팬이 아냐. 양키즈 스타디움에 가서 한정훈의 피칭을 한 번이라도 제대 로 본 팬들이라면 10년이 아니라 20년 계약이라 해도 반대 하지 않을걸?

　양키즈 팬들의 바람을 접한 뉴욕의 언론들은 양키즈가 한 정훈과의 장기 계약을 준비해야 한다며 숟가락을 얹었다.

　아직 첫 시즌이 끝나지도 않은 상황이었지만 한정훈과의 계약 기간이 길지 않은 만큼 여유를 부릴 시간이 없다고 재 촉했다.

　"흐흐흐……."

　쏟아지는 재계약 기사들을 살피며 브라이언 캐시 단장은 웃음을 감추지 못했다.

어지간해서는 대놓고 자신의 감정을 드러내지 않는 편이었지만 기사마다 한정훈의 영입은 성공적이라고 치켜세워주니 들뜬 기분을 주체하기 어려웠다.

"그렇게 좋아요?"

보다 못한 앤디 패티스가 짜증을 냈다. 브라이언 캐시 단장의 기분을 모르는 바는 아니지만 사람 불러다 놓고 한 시간이 넘게 컴퓨터만 바라보는 건 예의가 아니었다.

"이런. 미안, 앤디. 잠시만. 이것만 보고."

브라이언 캐시 단장이 머쓱하게 웃으며 사과했다. 하지만 그것도 잠시.

새로 고침버튼을 누르기가 무섭게 새로운 기사글이 올라오자 언제 그랬냐는 듯 눈을 반짝이며 모니터 속으로 달려들어갔다.

"쳇, 솔직히 말해 브라이언이 한 일이라고는 그 펜으로 사인한 게 전부잖아요."

앤디 패티스가 불만을 늘어놓았다.

한정훈의 마음을 돌리기 위해 자신을 비롯한 코어 4가 한국까지 찾아갔는데 언론은 한정훈 영입이 마치 브라이언 캐시 단장의 단독 작품이기라도 한 것처럼 굴었다.

그러나 브라이언 캐시 단장도 팔자 편하게 책상에 앉아 서류에 사인만 한 건 아니었다.

실제 보이지 않는 곳에서 구단주를 비롯해 수많은 투자자를 만나고 설득하며 마음고생을 해왔던 걸 감안하면 이 정도 공치사로는 성에 차지 않았다.

"내가 서명하지 않았다면 한정훈은 지금 다저스에 가 있었을 거야."

"네, 네. 어련하시겠어요?"

"그러니까 애처럼 굴지 말고 원정 10연전에 대해 말해봐. 5할 승률을 유지하는 게 가능하겠어?"

브라이언 캐시 단장이 앤디 패티스 쪽으로 몸을 돌렸다. 뉴욕 언론들이 한목소리로 양키즈를 띄워줘서일까.

양키즈가 험난한 원정 10연전을 눈앞에 두고 있다며 시비를 거는 기사들이 속속 등장하기 시작했다.

하지만 앤디 패티스는 원정 10연전 결과도 나쁘지 않을 것이라고 예상했다.

"일단 한정훈이 두 경기는 잡아줄 테고 하리모토 쇼타도 두 경기 중 한 경기는 이겨주겠죠. 다나카 마스히로도 3선발로 내려가면서 여유를 되찾은 듯하니 1승은 거둬줄 테고…… 이렇게만 해도 4승이잖아요. 나머지 경기 다 내줘도 5할 승률은 유지할 거 같은데요?"

양키즈의 원정 10연전은 파드리스-화이트삭스-인디언스 순이었다.

인디언스와의 전반기 마지막 시리즈를 4차전으로 치른 뒤 올스타 브레이크를 맞이하도록 되어 있었다.

"한정훈이 화이트삭스전과 인디언스전에 등판하지?"

"네, 본래 파드리스전과 화이트삭스전에 등판하기로 되어 있었는데 조지가 일정을 바꿨잖아요."

"그건 정말 현명한 결정이었어. 파드리스를 상대하는 데 한정훈을 등판시키는 건 너무 아깝잖아."

브라이언 캐시 단장이 조지 지라디 감독의 판단을 칭찬했다.

원정 10연전의 첫 상대인 파드리스는 내셔널리그 서부 지구 하위권을 맴돌고 있었다. 객관적인 전력상 한정훈이 없더라도 양키즈가 충분히 싸워볼 만한 상대였다.

반면 화이트삭스와 인디언스는 아메리칸리그의 강호였다.

무엇보다 와일드카드를 두고 양키즈와 직접적으로 경쟁 중인 팀들이었다.

당연하게도 파드리스에게 거두는 1승과 인디언스에게 거두는 1승의 가치는 전혀 다를 수밖에 없었다.

"확실히 파드리스를 잡겠다고 한정훈을 내세우는 건 아까운 짓이죠."

앤디 패티스도 동의하듯 고개를 주억거렸다.

한정훈이 본래 일정대로 파드리스전에 등판했다면 양키즈

는 여러모로 손해를 볼 수밖에 없는 상황이었다.

일단 휴식일 없이 곧바로 떠난 원정 10연전의 첫 경기에 한정훈이 등판한다는 게 부담스러웠다.

샌디에이고는 미국 서부에 위치한 도시다. 뉴욕에서 비행기로만 6시간 가까이 날아가야 하는 거리였다.

아직 장거리 비행에 익숙지 않은 한정훈이 비행이 끝나기가 무섭게 타석에 서야 하는 파드리스전에 등판한다는 건 여러모로 좋지 않았다.

설사 한정훈이 그 경기에서 승리를 따낸다 하더라도 화이트삭스전 컨디션에 영향을 미칠 가능성을 배제할 수 없었다.

하지만 조지 지라디 감독이 선발 등판 일정을 바꾸면서 한정훈은 샌디에이고 원정을 건너뛰고 곧바로 시카고로 향하는 새로운 일정을 배정받았다.

한정훈이 팀의 에이스로서 선수들과 함께 움직이고 싶다는 뜻을 전했지만 양키즈 구단은 한정훈이 등판 일정을 앞당기면서까지 팀을 위해 고생한 만큼 이번 원정 경기에서 휴식을 주겠다는 입장을 고수했다.

양키즈 선수들도 한정훈이 파드리스 원정 경기에 불참한다는 사실에 대해 누구 하나 불만을 제기하지 않았다. 오히려 적절한 조치였다며 구단의 결정을 반겼다.

지난 경기까지 한정훈은 메이저리그에서 가장 많은 이닝

을 소화하고 있었다. 17경기에 나와 무려 137이닝을 던졌다. 경기당 평균 8이닝 꼴이었다.

물론 메이저리그에 한정훈에 버금가는 철완들이 없는 건 아니었다.

하지만 한정훈이 메이저리그에 이제 막 데뷔했다는 걸 감안했을 때 구단의 적극적인 관리가 필요한 상황이었다.

"한정훈이 컨디션 관리만 잘해준다면 화이트삭스전과 인디언스전은 문제없겠지."

"화이트삭스는 한 차례 상대한 경험이 있으니 수월할 겁니다. 인디언스전은 첫 등판이긴 하지만 요즘 들어 인디언스 타선이 좋지 않은 만큼 한정훈의 공을 쉽게 공략하지는 못할 거라 생각합니다."

"좋아, 좋아. 그럼 나머지 여덟 경기가 문제인데…… 하리모토 쇼타와 다나카 마스히로가 한 경기씩 잡아준다는 게 최선의 결과는 아니겠지?"

"그야 당연하죠. 최대 목표는 6경기 이상 이기는 겁니다."

"그렇게만 된다면 더는 바랄 게 없겠어."

브라이언 캐시 단장이 빙긋 웃으며 의자에 몸을 눕혔다.

앤디 패티스의 예상대로 양키즈가 6승 4패를 거둔다면 전반기를 47승 43패로 마무리하게 된다.

메이저리그 전문가들은 양키즈의 전반기 승수를 35승에서

45승 사이로 전망했다.

한정훈이라는 최대 변수의 활약 여부가 불투명하기 때문에 편차가 심하긴 했지만 대체적으로 40승 미만의 성적을 점찍는 이가 많았다.

하지만 양키즈는 원정 10연전을 앞둔 상황에서 벌써 41승을 거두었다.

만약 이 기세대로 전반기를 끝낸다면 전문가들은 양키즈의 후반기 예상 성적을 대폭 상향하려 들 게 뻔했다.

'그렇게만 된다면 다음번 사장 자리는 내 차지가 되겠지.'

브라이언 캐시 단장의 입가로 다시 능글맞은 웃음이 번졌다. 그러자 앤디 패티스가 질색을 하며 화제를 돌렸다.

"채프먼의 후계자가 필요해요."

"누, 누구?"

순간 브라이언 캐시 단장의 눈이 화등잔만 하게 커졌다.

설마하니 앤디 패티스의 입에서 다른 투수도 아닌 아롤디르 채프먼의 이름이 튀어나올 것이라고는 생각지도 못한 얼굴이었다.

"농담이지?"

브라이언 캐시 단장이 자세를 바로 했다. 어쩌면 자신을 놀리기 위해 앤디 패티스가 짓궂은 농담을 한 것인지도 모른다고 여겼다.

그러나 앤디 패티스는 더없이 진지하기만 했다.

"내가 농담으로 채프먼의 후계자를 언급했을 거 같아요?"

"허······! 그럼 뭐야 어디가 아프기라도 한 거야?"

"지극히 정상이니까 브라이언이야말로 흥분 좀 가라앉혀요."

"내가 지금 흥분을 안 하게 생겼어?"

아롤디르 채프먼은 양키즈가 메이저리그 올 타임 세이브 리더인 마리아 리베라를 대체하기 위해 어렵게 데려온 특급 마무리 투수였다.

큰 키에 최고 구속 106mile/h(≒170.5㎞/h)의 빠른 볼을 던지는 좌완 투수라는 이점은 마리아 리베라라는 메이저리그 최고의 마무리 투수를 보유했던 깐깐한 양키즈 팬들의 안목을 충족시켰다.

덕분에 양키즈 구단과 아롤디르 채프먼은 2016년 시즌이 끝나고 7년간의 장기 계약을 맺은 상태였다.

이번 시즌 양키즈가 아롤디르 채프먼에게 줘야 하는 연봉도 상당했다.

무려 2,250만 달러.

한정훈에게 주는 어마어마한 금액에 비할 바 아니지만, 현직 마무리 투수 중 아롤디르 채프먼보다 많은 연봉을 받는 투수는 아무도 없었다.

현재 양키즈 선수 중 아롤디르 채프먼보다 많은 연봉을 받는 선수를 꼽아도 세 명뿐이었다. 한정훈, 다나카 마스히로, 하리모토 쇼타. 전부 상대적으로 많은 연봉을 받는 선발투수였다.

한정훈과 하리모토 쇼타가 영입되기 전까지는 아롤디르 채프먼의 몸값이 다나카 마스히로 다음으로 많았다.

메이저리그에서 연봉은 곧 실력을 의미하기 때문에 양키즈 내에서 아롤디르 채프먼의 입지 또한 상당할 수밖에 없었다.

비록 팀이 리빌딩이 되는 과정에서 베테랑들이 빠져나가고 다나카 마스히로와 함께 최고령 투수가 되긴 했지만 아롤디르 채프먼의 포심 패스트볼은 여전히 위력적이었다.

게다가 지금껏 이렇다 할 부상조차 입은 적이 없었다. 기량은 물론 자기관리까지 철저한 만큼 아롤디르 채프먼의 나이를 빌미로 벌써 후계자를 논의한다는 것 자체가 성급하게 느껴졌다.

하지만 투수에 대한 조언을 하기 위해 특별 보좌역으로 브라이언 캐시 사단에 합류한 앤디 패티스의 생각은 달랐다.

"양키즈 마운드는 한정훈을 중심으로 보다 젊게 개편될 필요가 있습니다."

앤디 패티스는 양키즈의 마운드 리빌딩이 아직 다 끝나지 않았다고 판단했다.

실제 에이스 자리는 젊은 한정훈으로 채워 넣었지만, 불펜의 핵심인 셋업맨과 마무리 투수의 세대교체는 아직 이루어지지 않은 상태였다.

만약 양키즈에 아롤디르 채프먼의 앞에서 등판해 줄 젊고 유망한 셋업맨만 있었더라도 앤디 패티스가 후계자라는 표현을 입 밖에 내지 않았을 것이다.

그러나 지금 양키즈는 8회를 책임져 줄 투수가 없는 상태였다.

양키즈의 25인 로스터 중 투수는 총 12명. 선발 자원과 아롤디르 채프먼을 빼면 순수한 불펜 투수는 6명이었다.

제이크 린드그렌, 델리 베타시스, 제이슨 슈리브, 닉 넘블러, 브라이언 마크, 로이 스튜어트.

이 여섯 명의 투수 중 셋업맨에 가까운 역할을 수행하고 있는 건 93년생 제이크 린드그렌과 90년생 제이슨 슈리브였다.

지난 몇 년간 제이크 린드그렌과 제이슨 슈리브는 마당쇠처럼 꾸준히 양키즈의 마운드를 지켜주었다.

불펜 내에서도 이 둘의 공헌도는 상당했다. 구단에서 아롤디르 채프먼 다음으로 평가할 정도였다.

하지만 공헌도가 높다고 해서 셋업 맨이 될 수 있는 건 아니었다. 무엇보다 제이크 린드그렌과 제이슨 슈리브는 기대만큼 빠른 공을 던지지 못했다.

우완 제이크 린드그렌의 최고 구속은 94mile/h(≒151.2㎞/h).
좌완 제이슨 슈리브의 최고 구속은 93mile/h(≒149.6㎞/h).

제이크 린드그렌과 제이슨 슈리브 모두 불펜 투수로서 경험은 풍부했지만, 구속으로 타자들을 압도하지 못했다. 게다가 그 아쉬운 구속도 해가 거듭될수록 떨어지고 있었다.

다른 불펜 투수들에게 눈을 돌려도 사정은 별반 나아지지 않았다. 100mile/h대의 빠른 공을 던져 줄 투수도, 8, 9회의 중압감을 감당해 줄 투수도 없었다.

그나마 100mile/h의 빠른 공을 던지는 루이스 로베이노가 불펜진에서 힘을 보태고 있었지만 5월에 브레이브스로 트레이드되고 말았다.

이런 상황에서 무작정 양키즈 불펜의 미래가 밝다고 안심하기란 쉽지 않았다.

"지금도 충분히 젊어. 그리고 투수 중 누군가는 젊은 투수들을 이끌어줘야 한다고."

브라이언 캐시 단장이 즉각 반론을 내놓았다.

아롤디르 채프먼이 30대 중반에 접어든 건 사실이지만 그

외 다른 불펜 투수들은 젊은 편이었다.

88년생인 델리 베타시스를 제외하고는 전부 90년도 이후에 태어났다. 실제 다른 구단과 비교해 봐도 양키즈의 불펜진이 노쇠했다고 보기는 어려워 보였다.

그러나 앤디 패티스는 제 주장을 멈추지 않았다.

"나이는 젊을지 몰라도 다들 구위가 떨어져 있어요. 지난 몇 년간 선발진이 무너지고 팀이 하위권을 맴돌면서 불펜 투수들을 너무 혹사시킨 결과라고요."

앤디 패티스가 손에 들고 있던 종이 한 장을 브라이언 캐시 단장에게 내밀었다. 그 속에는 현 양키즈 불펜진들의 구속과 구위 변화가 연도별로 표기되어 있었다.

"이건 또 뭐야?"

신경질적으로 숫자들을 훑어 내리던 브라이언 캐시 단장의 표정이 점점 굳어졌다. 그러다 아롤디르 채프먼의 기록을 확인하고는 한참 동안 말을 잇지 못했다.

전반기를 10경기 남겨둔 상황에서 아롤디르 채프먼은 17세이브를 올리며 아메리칸리그 세이브 부분 6위를 달리고 있었다.

지금까지 블론 세이브는 단 2개(세이브 성공률 89.47%).

기록만 놓고 본다면 양키즈의 마무리 투수로서 나무랄 데가 없는 성적이었다.

브라이언 캐시 단장도 지금껏 아롤디르 채프먼의 활약에 상당히 만족해하고 있었다. 하지만 정작 앤디 패티스의 분석표는 브라이언 캐시 단장에게 조금 더 냉정해질 필요가 있다고 충고했다.

핀 스트라이프를 입은 이후로 아롤디르 채프먼의 패스트볼 평균 구속은 해마다 감소 추세를 보이고 있었다.

장기 계약 직전 2016년 98.5mile/h로 반짝 회복하긴 했지만 이후 시즌이 거듭될수록 98.1mile/h, 97.8mile/h, 97.5mile/h, 97.1mile/h로 점점 줄어들더니 지난해에는 97mile/h의 벽까지 무너지고 96.1mile/h로 떨어졌다.

올 시즌 평균 구속은 지난해보다 더 나빴다.

시즌 초반 아롤디르 채프먼이 극심한 컨디션 난조로 인해 평균 구속에서 손해를 봤다 치더라도 아직까지 95mile/h을 넘지 못하고 있었다.(94.8mile/h)

물론 아롤디르 채프먼은 여전히 104mile/h 전후의 빠른 공을 던질 수 있는 투수였다.

지난 등판에서도 2사 2루의 실점 상황을 이겨내기 위해 전력을 다해 공을 던져 105mile/h을 기록할 정도였다.

그러나 해마다 100mile/h 이상의 패스트볼 비중이 줄어들고 있다는 사실은 부정하기 어려워 보였다.

한창때 아롤디르 채프먼은 9회에 마운드에 올라 100mile/

h이 넘는 패스트볼만 던져 세 타자를 연속 삼진으로 돌려세우는 압도적인 퍼포먼스를 보여줬다.

하지만 요즘 들어서는 100mile/h대의 패스트볼을 구경하는 게 쉽지 않았다.

아롤디르 채프먼은 굳이 100mile/h대의 빠른 공을 던질 이유를 느끼지 못하고 있다며 계산된 피칭이라고 밝혔지만, 투구 분석 시스템을 통해 본 결과는 달랐다.

아롤디르 채프먼은 투 피치 투수였다. 가끔 체인지업을 던지긴 하지만 주로 패스트볼과 슬라이더, 이 두 구종으로 타자를 상대하고 있었다.

그중 패스트볼의 의존도는 절대적이었다. 90mile/h대 슬라이더 자체도 수준급이긴 했지만 100mile/h이 넘는 패스트볼 앞에서는 세컨드 피치에 불과했다.

그런데 최근 들어 세컨드 피치였던 슬라이더의 비중이 패스트볼에 버금갈 정도로 높아졌다.

2016년 까지만 해도 20% 남짓이었던 게 어느새 40%에 육박했다.

반면 투심 패스트볼을 포함한 패스트볼의 구사 비율은 55%까지 낮아졌다.

양키즈 팬들이 그토록 열광하던 자신감 넘치는 아롤디르 채프먼의 모습이 점점 사라지고 있는 것이다.

패스트볼의 구속이 떨어지고 구사율이 낮아지면서 상대적으로 피안타율과 피장타율은 높아졌다.

전매특허 같았던 탈삼진의 수도 부쩍 줄어들었다.

최소 14개 이상을 유지하던 K/9(경기당 탈삼진 수)가 지난 시즌 13개까지 떨어졌다. 그리고 올해 K/9는 12.7개에 그치고 있었다.

'그러니까 아롤디르 채프먼의 전성기가 완전히 끝났다는 소리인가.'

브라이언 캐시 단장이 무겁게 한숨을 내쉬었다.

앤디 패티스의 분석표가 사실이라면 아롤디르 채프먼의 노쇠화를 부정하기 어려워 보였다.

"그래서…… 채프먼을 트레이드라도 하잔 이야기야?"

브라이언 캐시 단장의 시선이 앤디 패티스에게 향했다. 앤디 패티스의 주장이 꼭 더 늦기 전에 아롤디르 채프먼을 팔아넘겨야 한다는 소리처럼 들렸다.

"내가 언제 트레이드하자 그랬어요?"

앤디 패티스가 돌연 미간을 찌푸렸다. 아롤디르 채프먼의 후계자를 찾아야 한다는 소리가 어째서 트레이드로 변질됐는지 이해가 가지 않는다는 반응이었다.

하지만 브라이언 캐시 단장은 앤디 패티스와 아롤디르 채프먼의 사이가 좋지 않다는 걸 잘 알고 있었다.

"자네, 채프먼을 싫어하잖아."

"그야 사적인 부분에서 싫은 거죠. 투수로서 채프먼의 커리어는 인정합니다."

"그럼 뭐야? 채프먼은 당분간 이대로 두잔 말이야?"

"아마 채프먼의 몸 상태는 점점 나빠질 겁니다. 하지만 적어도 내년까지는 괜찮다고 봐요."

앤디 패티스가 계약 기간까지는 아롤디르 채프먼과 함께해도 좋다는 뜻을 밝혔다.

단, 지금 구단에서 추진 중인 재계약은 보류하는 게 낫겠다는 의견도 함께 전했다.

"젠장할."

브라이언 캐시 단장이 입술을 깨물었다. 말을 하진 않았지만 브라이언 캐시 단장은 올 시즌이 끝나면 여전히 매력적인 아롤디르 채프먼과 연장 계약을 추진할 계획이었다.

7년째 계약은 상호합의에 따라 파기할 수 있으니 재계약에 걸림돌은 없었다.

오히려 브라이언 캐시 단장은 한 해라도 빨리 아롤디르 채프먼과 계약을 연장하는 것이 양키즈 입장에서도 유리하다고 판단했다.

한정훈의 등장으로 인해 메이저리그 선수들의 몸값은 요동을 치고 있었다.

향후 몇 년간 FA 시장에 지독한 거품이 낄 거라는 전망이 벌써 쏟아지는 상황이었다.

당연하게도 리그 최고의 마무리 투수로 평가받는 아롤디르 채프먼의 몸값도 치솟을 터.

그렇다면 7년째 계약을 날려 버리고 재계약을 1년이라도 앞당기는 편이 아롤디르 채프먼을 조금 더 효율적으로 활용하는 지름길이었다.

그러나 아롤디르 채프먼의 효용 가치가 떨어진다면 이야기는 다를 수밖에 없었다.

아롤디르 채프먼에게 양키즈의 뒷문을 오래 맡기지 못한다면 더 늦기 전에 아름다운 결별을 선택하는 것도 나쁘지 않아 보였다.

"내년까지 채프먼으로 간다면 대체자는 누구야? 누굴 데려와야 하는데?"

브라이언 캐시 단장이 한결 진중해진 얼굴로 물었다. 그러자 앤디 패티스가 기다렸다는 듯이 두 번째 종이를 건넸다.

"일단 눈에 보이는 대로 추려봤습니다."

브라이언 캐시 단장은 대충 추렸다는 앤디 패티스의 말만 믿고 가벼운 마음으로 종이를 받았다. 하지만 종이 위에는 백여 명이 넘는 투수의 이름이 빼곡하게 채워져 있었다.

"지금 나랑 장난하자는 거야?"

"왜요? 부족해요? 더 채워 올까요?"

"젠장할."

브라이언 캐시 단장이 신경질적으로 명단을 훑어 내렸다. 그러다 왠지 모르게 낯익은 이름을 발견하고는 다시 앤디 패티스를 바라봤다.

"라몬 에르난데스?"

"누구인지 기억은 나요?"

"이 녀석, 양키즈로 오라는 거 뿌리치고 레드삭스로 간 그 쿠바 녀석 아냐?"

브라이언 캐시 단장이 이맛살을 찌푸렸다. 불현듯 잊고 싶은 기억이 머릿속이 떠오른 것이다.

2017년 세계 청소년야구 선수권 대회 때부터 메이저리그의 주목을 받아왔던 라몬 에르난데스는 그해 겨울 미국으로 넘어와 메이저리그 도전을 선언했다.

세계 청소년야구 선수권 대회 결승전에서 맞대결을 벌인 한정훈과 하리모토 쇼타에게 가려지긴 했지만 라몬 에르난데스는 메이저리그 스카우터들이 오래전부터 눈독을 들여왔던 유망주였다.

좋은 체격 조건에 100mile/h의 패스트볼과 90mile/h에 육박하는 슬라이더, 그리고 명품 커브까지 선발투수로서 조건을 고루 갖추고 있었다.

당시 4, 5선발에 공백이 생겼던 양키즈는 라몬 에르난데스에게 적극적인 러브콜을 보냈다. 하지만 정작 라몬 에르난데스는 양키즈의 라이벌 구단인 레드삭스를 선택했다. 그것도 양키즈의 제안보다 고작 100만 달러가 높은 금액으로 말이다.

그 사실이 보스턴 언론을 통해 알려지면서 브라이언 캐시 단장은 한동안 팬들의 비난에 시달려야 했다.

뉴욕 언론도 고작 100만 달러를 아끼려다 유망주를 놓쳤다며 브라이언 캐시 단장의 운영 능력을 문제 삼기도 했다.

그런데 그 라몬 에르난데스가 명단에 올라와 있었다. 그것도 눈에 잘 띄도록 굵은 폰트로 말이다.

"지금 나더러 양키즈를 버리고 보스턴으로 넘어간 배신자를 데려오란 말이야?"

브라이언 캐시 단장이 대번에 이맛살을 찌푸렸다.

거래해야 할 구단이 레드삭스인 것도 짜증스러운 일인데 자신을 물 먹인 라몬 에르난데스를 데려오라니. 자존심상 도저히 들어줄 수가 없는 요구였다.

그러자 앤디 패티스가 브라이언 캐시 단장의 비위를 맞추기 시작했다.

"그때 당시 라몬 에르난데스를 적극적으로 잡지 않은 건 정말 현명한 결정이었어요. 결과적으로 라몬 에르난데스는 토미 존 서저리를 받았으니까요."

2018년과 2019년 레드삭스 산하 마이너리그 팀들을 거치며 차근차근 선발 수업을 받던 라몬 에르난데스는 메이저리그 승격을 코앞에 둔 2020년 초 시범 경기 도중에 팔꿈치 인대 손상으로 수술대에 오르고 말았다.

주된 원인은 구단의 관리 소홀이었지만 메이저리거가 되기 위해 통증을 숨겨가며 무리하게 공을 던졌던 라몬 에르난데스의 욕심도 한몫 거들었다.

그렇게 2020년을 통째로 날린 뒤 2021년 후반기 라몬 에르난데스는 다시 건강한 모습으로 돌아왔다.

하지만 레드삭스는 9월 엔트리 확장 때 라몬 에르난데스를 부르지 않았다. 라몬 에르난데스의 몸 상태가 정상이 아니라고 판단한 것이다.

실제 100mile/h에 육박하던 라몬 에르난데스의 포심 패스트볼 구속은 93mile/h까지 줄어들었다.

단순히 일시적인 현상이라면 좋겠지만 다이내믹하던 투구 폼마저 망가지면서 다시 예전의 구위를 회복할 가능성은 희박해 보였다.

오죽했으면 보스턴 언론에서도 라몬 에르난데스를 빨리 정리해야 한다고 구단을 압박할 정도였다.

이런 상황에서 양키즈가 라몬 에르난데스를 데려오려 한다면 레드삭스는 두 손을 들고 환영할 터였다.

피차 돈이 부족한 구단이 아닌 만큼 적당히 구색을 갖춘다면 얼마든지 트레이드가 성사될 가능성이 컸다.

"물론 예전의 구속을 회복하기까지는 다소 시간이 걸리겠지만 라몬 에르난데스의 몸 상태는 계속해서 좋아지고 있어요. 게다가 조금 작아진 투구 폼 덕분인지는 몰라도 들쑥날쑥하던 제구가 상당히 안정적으로 변했어요. 이 상태에서 예전의 구속만 회복한다면 아롤디르 채프먼의 대체 자원으로 충분하다고 생각합니다."

앤디 패티스는 라몬 에르난데스의 부활을 확신했다. 비공식적인 루트를 통해 라몬 에르난데스의 몸 상태를 면밀히 살펴본 바 부상의 후유증은 없었다.

다만, 생각만큼 오르지 않는 구속과 관심을 거둬 버린 구단의 태도 때문에 정신적 스트레스에 시달리는 상태였다.

실제 라몬 에르난데스도 지인들을 통해 팀을 옮기고 싶은 마음을 여러 차례 피력했다.

하지만 보스턴과 7년간 5천 6만 달러라는 거액의 계약을 맺은 게 라몬 에르난데스의 발목을 잡고 있었다.

계약은 5년째에 접어들었지만, 잔여 연봉이 적지 않았다. 레드삭스에서 라몬 에르난데스가 메이저리거로 활약할 즈음인 5년 차와 6년 차, 7년 차에 각 1천만 달러, 1,150만 달러, 1,250만 달러의 연봉을 주기로 했기 때문이다.

올 시즌 잔여 연봉을 빼더라도 2년이라는 계약 기간과 2,400만 달러라는 금액이 남아 있었다.

연평균 1,200만 달러면 10승을 올릴 수 있는 수준급 선발 투수의 몸값이었다.

냉정하게 말해 이 정도 돈을 지출하면서 라몬 에르난데스를 데려온다는 건 미친 짓이나 다름없었다.

만약 양키즈가 한정훈의 영입에 실패했다면, 그래서 재정 상태가 여유로웠다면 앤디 패티스도 굳이 라몬 에르난데스에 눈길을 주지 않았을 것이다.

하지만 한정훈과 하리모토 쇼타의 영입으로 5억 달러를 지출한 상황에서 제아무리 양키즈라 하더라도 수준급 불펜 투수 영입에 추가로 지갑을 열기란 쉽지 않아 보였다.

그렇다고 팀이 상승세를 타는 상황에서 팜의 유망주들을 콜업해 도박을 벌일 수도 없는 노릇이었다.

시즌 중에 전력 보강을 할 수 있는 가장 현실적인 방법은 트레이드뿐이었다.

하지만 여윳돈이 없었다. 여윳돈이 있더라도 매물이 마땅치 않았다. 아니, 매물이 있더라도 양키즈와 쉽게 거래를 할 만한 구단은 많지 않았다.

한정훈의 영입으로 양키즈는 다시 메이저리그의 공공의 적으로 급부상하고 있었다.

한 차례 트레이드 카드를 맞췄던 브레이브스에서도 추가적인 트레이드 제안에 난색을 보일 정도였다.

이런 상황에서 큰돈을 들이지 않고 양키즈에 필요한 선수를 충원하는 가장 확실인 방법은 다른 구단의 잉여 자원 중에 옥석을 고르는 것뿐이었다.

"라몬 에르난데스라면 헐값에 받아올 수 있습니다."

앤디 패티스가 연봉 보전을 받을 수 있다며 브라이언 캐시 단장을 흔들었다.

라몬 에르난데스의 잔여 연봉을 아낄 수 있다면 레드삭스도 올 시즌 연봉 정도는 상당 부분 부담하려 들 가능성이 컸다.

하지만 브라이언 캐시 단장은 쉽게 넘어가지 않았다.

"그래 봐야 올 시즌 연봉이나 보전하려 들겠지. 내년과 내후년 연봉까지 책임지려 들겠어?"

제아무리 잉여 자원이라 하더라도 레드삭스가 손해를 감수하면서까지 양키즈의 배를 불려줄 리 만무했다.

실현 가능한 최선은 올 시즌 연봉 보전 정도였다. 그 이상을 요구했다간 레드삭스 쪽에서 판을 엎어버릴 게 뻔했다.

그러나 앤디 패티스는 내년 시즌 라몬 에르난데스의 연봉

보다 올 시즌 양키즈의 성적이 더 중요했다.

"그건 그때 가서 고민하면 됩니다. 정 안되면 다시 헐값에 팔아버리면 되니까요."

앤디 패티스가 냉정하게 말했다. 메이저리그는 프로 야구의 정점에 있는 세계 최고의 리그였다. 그리고 모든 메이저리거는 실력으로 자신의 가치를 증명하는 게 원칙이었다.

"젠장. 그런데 라몬 에르난데스를 무슨 수로 불펜에 투입할 거야? 라몬 에르난데스는 선발 자원이잖아. 아롤디르 채프먼의 후계자로 키우는 게 가능하긴 한 거야?"

앤디 패티스의 주장에 마음이 흔들리자 브라이언 캐시 단장이 재빨리 말을 돌렸다.

부상 직전까지 라몬 에르난데스는 롱 릴리프로도 뛴 적이 없었다. 오직 선발 진입만을 목표로 달려왔다. 그런 라몬 에르난데스에게 갑작스럽게 불펜 투수로 전향을 제안해 봐야 쉽게 받아들일 것 같지 않았다.

하지만 앤디 패티스는 이번에도 대수롭지 않게 대답했다.

"그것도 이야기를 해봐야겠죠. 하지만 본인도 당분간 선발로 뛰는 건 어려울 거라는 걸 알고 있을 겁니다."

라몬 에르난데스의 불펜 전향은 레드삭스에서도 고려했던 사항이었다. 단지 레드삭스는 라몬 에르난데스의 자존심을 건드렸다. 그래서 부정적인 결과로 이어졌다.

그러나 구원자로 등장한 양키즈에서 새롭게 제안을 한다면 결과는 다를 수밖에 없었다.

게다가 단순히 불펜 전향이 아니라 양키즈의 마무리 투수로 키우겠다고 한다면 라몬 에르난데스도 분명 욕심을 보일 것이다.

"젠장할! 대체 나더러 이런 도박을 왜 하라는 거야?"

결국 앤디 패티스에게 설복당하고 만 브라이언 캐시 단장이 분통을 터뜨렸다.

마음 같아선 라몬 에르난데스 따위는 상대조차 되지 않을 대안을 가지고 앤디 패티스의 기를 죽이고 싶었지만 애석하게도 당장 머릿속에 떠오르는 선수조차 손에 꼽힐 정도였다.

"브라이언, 좋게 생각해요. 양키즈에 필요한 선수를 포터켓(레드삭스 산하 트리플 에이 구단)에 썩히지 말자고요."

앤디 패티스가 웃으며 브라이언 캐시 단장을 달랬다.

"어쨌든 큰 기대는 하지 마. 레드삭스에서 내 전화를 받지 않을지도 모르니까."

브라이언 캐시 단장은 자신 없다는 투로 말했다.

설사 트레이드가 이루어진다 하더라도 수일 이내 라몬 에르난데스에게 핀 스트라이프를 입히는 건 불가능하다고 여겼다.

본래 급한 쪽에서 손해를 보는 게 트레이드의 생리였다.

게다가 메이저리그에 라몬 에르난데스를 위한 자리도 없었다. 무리해서 라몬 에르난데스를 데려온다면 불펜 투수 중 누군가는 마이너리그로 내려가야 했다.

현실적으로 봤을 때 최선은 9월 엔트리 확장까지는 기다리는 것이었다.

엔트리 확장 시기가 오면 보스턴 언론에서도 다시 한 번 잉여 자원의 정리를 요구할 터.

그때 적당히 찔러본다면 큰 출혈 없이 라몬 에르난데스를 데려올 수도 있을 것 같았다.

"그래도 너무 늦으면 불펜에 과부하가 걸릴 겁니다. 명심하세요. 후반기 와일드카드 싸움에서 이기려면 불펜을 강화해야 합니다."

앤디 패티스도 라몬 에르난데스를 포함한 불펜 보강을 전제로 한 걸음 물러났다. 그렇게 라몬 에르난데스의 영입은 잠시 수면 아래로 가라앉는 듯 보였다.

그런데 파드리스 원정에서 생각지도 못했던 일이 벌어졌다. 빈볼과 벤치 클리어링으로 인해 닉 넘블러와 델리 베타시스의 공백이 발생한 것이다.

장거리 원정의 피로 속에서도 양키즈는 파드리스와의 원정 1차전에서 한 점 차 신승을 거두었다.

한정훈에게 자극을 받은 하리모토 쇼타가 7이닝을 5피안타 2실점으로 틀어막으며 승리의 발판을 마련한 게 결정적이었다.

8회부터 등판한 불펜 투수들이 3점을 내주며 경기를 혼전 속에 빠뜨리기도 했지만 마무리 투수 아롤디르 채프먼이 9회 말 1사 2, 3루 상황에서 한 점만 내주고 아웃 카운트 두 개를 잡아내며 치열했던 경기에 마침표를 찍었다.

최종 스코어 7 대 6.

하리모토 쇼타가 시즌 10승을 달성했고 아롤디르 채프먼도 18번째 세이브를 올렸다.

다음 날 열린 2차전에서도 양키즈는 기세를 이어갔다. 선발 다나카 마스히로는 6이닝을 무실점으로 틀어막으며 8승을 예약했다. 타자들도 6회 말까지 8점을 뽑아내며 다나카 마스히로의 어깨를 가볍게 만들어주었다.

다나카 마스히로의 투구 수가 많지 않았지만 조지 지라디 감독은 다음 등판을 위해 7회부터 불펜을 투입했다. 전날 불펜 투수들이 전반적으로 부진했던 만큼 만회할 기회를 주려 한 것이다.

그런데 거기서부터 일이 꼬여 버렸다.

전날 부진했던 불펜 투수들이 또다시 형편없는 경기력을

선보이며 다 잡은 경기를 내주고 만 것이다.

최종 스코어 10 대 8.

역전 3점포를 포함해 5타수 3안타 5타점으로 맹활약한 파드리스의 기대주 케빈 가일이 MVP로 꼽혔다.

케빈 가일은 현지 중계 방송사와의 인터뷰에서 양키즈 불펜진을 깎아내리는 듯한 말을 내뱉었다. 그것으로도 모자라 3차전에서도 양키즈 불펜 투수들이 일찍 마운드에 올라와 주길 바란다고 떠들어 댔다.

케빈 가일의 바람대로 3차전은 일찌감치 불펜 싸움으로 전개됐다. 양 팀 선발투수들이 컨디션 난조로 사사구를 남발하면서 나란히 5회에 강판을 당했기 때문이다.

4 대 4 동점 상황에서 6회 말 마운드에 오른 델리 베타시스는 케빈 가일이 타석에 들어서자 기다렸다는 듯이 어깨에 빈볼은 던졌다.

타석에 주저앉은 채 잠시 고통을 호소하던 케빈 가일은 이내 대주자로 교체가 됐다.

생각만큼 부상이 심하진 않았지만, 파드리스 벤치에서 미래의 4번 타자를 이대로 내버려 둬서는 안 된다고 판단한 것이다.

중심 타자가 빈볼로 빠지자 파드리스 투수들도 가만있지 않았다.

다음 이닝에서 부상에서 회복된 지 얼마 되지 않은 양키즈의 4번 타자 그린 버드에게 똑같이 보복구를 던져 버렸다.

순간 페코 파크에 정적이 흘렀다. 다행히 그린 버드가 고통을 참아내고 1루로 걸어나가며 벤치 클리어링까지는 일어나지 않았지만 양 팀 선수들의 눈빛은 흉흉하게 변해 있었다.

심판진은 7회 말 파드리스의 공격에 앞서 양 팀 감독들에게 주의를 주었다. 더 이상 경기가 과열되지 않도록 선수들을 잘 통제하라고 요구했다.

양 팀 감독도 군말 없이 고개를 끄덕거렸다. 하지만 빈볼 시비는 여기서 끝나지 않았다.

8회 말, 바뀐 투수 닉 넘블러가 선두 타자로 나온 4번 타자 빌 마이어스의 옆구리 쪽에 재차 빈볼을 던지면서 페코 파크가 다시금 정적에 빠져들었다.

빌 마이어스가 뛰쳐나오려는 파드리스 선수들을 제지시키면서 벤치 클리어링은 불발됐지만 양 팀 선수들 간의 감정의 골은 더욱 깊어져만 갔다.

그리고 9회 초, 2사 만루 상황에서 대타로 나온 제이크 햄튼이 홈런을 때려내며 팽팽했던 경기가 양키즈 쪽으로 급격히 기울어 버렸다.

8 대 4.

넉 점의 리드가 찾아오자 조지 지라디 감독은 투수인 닉 넘블러를 타석에 내세웠다.

2사에 주자가 사라진 상황에서 굳이 대타를 쓸 필요가 없다고 판단한 것이다.

닉 넘블러는 기쁜 마음으로 타석에 섰다. 투수 타석 때 교체가 없다는 건 9회 말을 자신에게 맡기겠다는 의미였다.

하지만 애석하게도 닉 넘블러는 다시 마운드에 오르지 못했다. 파드리스 신예 투수가 내던진 초구가 하필 머리로 날아들었기 때문이다.

타석에 선 경험이 많은 타자라면 냉큼 고개를 숙이며 피했겠지만, 닉 넘블러는 그대로 공을 얻어맞고 말았다. 그와 동시에 양 팀 선수들이 운동장으로 쏟아져 나왔다.

절친했던 닉 넘블러가 빈볼에 맞아 쓰러지자 델리 베타시스는 상대 투수를 향해 주먹을 내질렀다. 그리고 그 장면이 정확하게 중계 카메라에 포착됐다.

심판진과 양 팀 코칭스태프들이 나서서 선수들을 만류했지만 벤치 클리어링은 쉽게 끝이 나지 않았다.

결국 빈볼 시비를 주도했던 선수 4명이 줄퇴장을 당하면서야 다시 경기가 속개될 수 있었다.

어수선한 분위기 속에서 경기는 양키즈의 8 대 4 승리로 끝이 났다.

시리즈 스코어 2승 1패.

내셔널리그 원정 경기 성적치고는 나쁘지 않은 결과였다.

그러나 시카고로 향하는 양키즈 선수단의 분위기는 침울하기만 했다. 얻은 것보다 잃은 게 더 많았기 때문이다.

머리에 공을 맞은 닉 넘블러는 뇌진탕 증세를 보이며 병원으로 실려 갔다. 그뿐만 아니라 좌완 불펜 요원 델리 베타시스도 상대 투수를 가격하는 과정에서 손에 타박상을 입는 부상을 입었다.

장기 결정이 우려되는 닉 넘블러와는 달리 델리 베타시스의 부상 정도는 심하지 않았다. 하지만 빈볼과 폭행에 따른 출장 정지 처분을 피하기 어려운 터라 로스터 제외가 확정이 되었다.

"미치겠군."

가뜩이나 피로도가 높은 불펜에서 주축으로 활약하던 두 명의 투수가 빠져나가자 조지 지라디 감독은 골이 지끈거렸다.

"루이스 말이야. 몇 회까지 버틸 수 있을까?"

조지 지라디 감독이 옆자리에 앉은 로비 토마스 벤치 코치를 바라봤다. 그러자 로비 토마스 코치가 굳은 얼굴로 대답했다.

"80구를 넘기긴 어려울 것 같습니다."

"80구라. 그럼 5회를 한계로 봐야겠군."

루이스 세자르의 이닝당 평균 투구 수는 16.4구로 많은 편이었다. 5이닝으로 환산하면 무려 82구. 예전처럼 100구도 무리 없이 던질 만큼 몸 상태를 끌어올리기 전까지 5이닝 이상의 피칭은 어려워 보였다.

"결국 6회부터 불펜을 가동해야 한다는 소리인데……."

조지 지라디 감독의 말끝으로 다시 한숨이 이어졌다.

아롤디르 채프먼을 제외한 6명의 불펜 투수 중 두 명을 빼고 나니 등판할 투수를 고르는 게 무의미해져 버렸다.

투수당 1이닝을 맡긴다면 남은 네 명의 불펜 투수가 모두 마운드에 올라와야 했다.

닉 넘블러와 델리 베타시스를 대신해 마이너리그에서 두 명의 불펜 투수를 콜업하긴 했지만, 그들에게 화이트삭스전 같은 중요한 경기를 맡기기란 솔직히 부담스러웠다.

현재 전력상 양키즈가 포스트시즌에 진출할 수 있는 유일한 방법은 와일드카드 전쟁에서 최소 2위를 확보하는 것뿐이었다.

솔직히 6경기 차이가 나는 지구 선두 레드삭스를 따라잡기란 쉽지 않았다.

레드삭스가 지금 성적을 유지한다고 가정했을 때 양키즈가 역전 우승을 하기 위해서는 7할 승률이 필요했다.

이제 겨우 5할 승률을 넘어선 양키즈 입장에서는 그림의 떡이나 다름없었다.

그렇다고 와일드카드를 확보하는 게 쉬운 것도 아니었다. 레인저스와 함께 지구 우승을 다투는 와일드카드 1위 매리너스를 제외한 나머지 팀들의 순위가 다닥다닥 붙어 있었다.

아메리칸리그 와일드카드 순위

1위 매리너스 46승 36패(서부 지구 2위)

2위 화이트삭스 43승 39패(중부 지구 2위)

3위 양키즈 43승 40패(동부 지구 2위)

4위 인디언스 42승 40패(중부 지구 3위)

5위 블루제이스 42승 41패(동부 지구 3위)

6위 타이거즈 41승 41패(중부 지구 4위)

7위 오리올스 41승 42패(동부 지구 4위)

8위 애스트로스 40승 42패(서부 지구 3위)

1위 매리너스와 2위 화이트삭스는 3경기 차이를 유지하고 있었다. 그리고 2위 화이트삭스와 8위 애스트로스 역시 3경기 차이밖에 나지 않았다.

여차하면 하위권으로 미끄러지는 와일드카드 전쟁터에서 경쟁 팀 간의 맞대결은 그 어떤 경기보다 중요할 수밖에 없었다.

특히나 2위 자리를 두고 다투는 화이트삭스와의 원정 3연전은 기필코 승리를 거두어야만 했다. 지구가 다르다 보니 이번 시리즈를 내주면 다시 만회할 기회가 없었다.

올 시즌 양키즈와 화이트 삭스의 맞대결은 6경기가 전부였다. 앞선 홈 3연전에서는 2승 1패로 양키즈가 위닝 시리즈를 가져갔다. 1, 2, 3선발을 차례로 투입한 효과를 톡톡히 본 것이다.

화이트삭스도 홈 3연전을 벼르고 있겠지만 조지 지라디 감독은 이번 시리즈를 양보할 생각이 없었다.

화이트 삭스와의 원정 3연전 선발은 루이스 세자르-한정훈-하리모토 쇼타 순이었다.

한정훈과 하리모토 쇼타라는 가장 확실한 선발 카드를 전부 쓸 수 있는 만큼 2승 이상을 달성하는 게 목표였다.

만약 조지 지라디 감독의 구상대로 양키즈가 2승 1패로 위닝 시리즈에 성공하면 화이트삭스를 끌어내리고 아메리칸리그 와일드카드 2위로 올라설 수 있었다.

여기서 한술 더 떠 시리즈를 스윕하면 2위 자리를 굳히는 건 물론이거니와 와일드카드 1위인 매리너스까지 가시권에 둘 수 있었다.

하지만 닉 넘블러와 델리 베타시스가 빠지면서 조지 지라디 감독의 투수 운용에 차질이 생겼다.

불펜의 공백을 최소화하려면 어쩔 수 없이 선발투수들이 마운드에서 오래 버텨줘야만 했다.

그나마 다행인 건 2차전 선발이 한정훈이라는 점이었다.

"한정훈에게 최소 8이닝을 소화해 달라고 미리 이야기해 놓겠습니다."

조지 지라디 감독의 속내를 들여다보기라도 한 듯 로비 토마스 코치가 나직이 말했다.

한 점이라도 앞선 상황에서 한정훈이 8회까지만 막아준다면 뒤는 아롤디르 채프먼에게 맡길 수 있었다.

그러나 조지 지라디 감독은 한정훈이 8회까지 버텨주는 것으로는 안심할 수가 없었다.

"채프먼도 요새 심상치가 않아."

조지 지라디 감독이 무겁게 한숨을 내쉬었다. 잠시 회복세를 보이던 아롤디르 채프먼의 구위가 최근 들어 다시 주춤한 상태였다.

지난 파드리스와의 1차전에서도 아롤디르 채프먼은 하위

타선에게 큼지막한 타구를 허용하며 1실점 했다.

다행히 우익수 베리 가멜이 펜스에 바짝 붙어 공을 잡아내면서 희생플라이로 끝이 났지만, 타구 판단이 조금만 늦었다면 경기는 파드리스가 가져갔을 것이다.

그 경기를 생각하면 조지 지라디 감독은 아직도 등골이 서늘했다. 만에 하나 그 경기를 내줬다면 파드리스 원정은 악몽으로 끝이 났을 터였다.

"한정훈이 경기를 책임져 줘야 해. 채프먼은…… 당분간 확실한 상황이 아니면 내보내지 않을 생각이야."

조지 지라디 감독이 속에 담아두었던 말을 꺼냈다. 이렇다 할 대체자원이 없는 만큼 아롤디르 채프먼의 마무리 보직을 박탈하긴 어렵겠지만 지금처럼 무조건 세이브를 챙겨주긴 어려울 것 같았다.

"지난 시즌보다 부담이 늘어났으니까요. 체력적으로 조금 지친 모양입니다."

로비 토마스 코치가 애써 아롤디르 채프먼을 두둔했다. 솔직히 지난 시즌과 비교했을 때 올 시즌에 특별히 많은 경기와 이닝을 소화한 건 아니지만 심적으로 힘들어진 건 사실이었다.

세이브 상황을 떠나 컨디션 차원 차 등판했던 경기가 적잖았던 지난 시즌과는 달리 올 시즌은 거의 대부분의 경기를

3점 차 이내의 긴박한 상황에서 등판하고 있기 때문이었다.

물론 정상적인 마무리 투수라면 터프 세이브 상황에서도 제 공을 던지는 게 당연했다.

그러나 지난 몇 년간 아롤디르 채프먼은 비교적 편하게 마무리 투수 생활을 해왔다는 게 문제였다.

양키즈 데뷔 이후 거의 처음으로 힘든 시즌을 보내고 있는 아롤디르 채프먼을 위해서라도 달라진 환경에 적응할 시간이 필요해 보였다.

로비 토마스 코치는 후반기에 접어들면 아롤디르 채프먼도 조금 더 좋은 모습을 보여줄 것이라 기대했다.

하지만 조지 지라디 감독의 생각은 달랐다. 아롤디르 채프먼이 여전히 리그 최고의 마무리 투수 중 한 명인 건 사실이지만 치솟는 피안타율과 실점을 마냥 간과할 수도 없었다.

"단장과 전화를 해봐야겠어."

조지 지라디 감독이 입술을 깨물었다. 덩달아 로비 토마스 코치의 입가로 무거운 한숨이 흘러나왔다.

88장
원정 10연전(2)

한정훈이 양키즈 선수단의 움직임에 맞춰 시카고행 비행기에 탑승할 무렵, 때마침 TV에서는 로인 벤츄라 화이트삭스 감독의 인터뷰 장면이 흘러나오고 있었다.

　"양키즈의 한정훈 선수가 올 시즌 빼어난 활약을 펼치고 있는데 올스타로 뽑을 생각입니까?"

　한 기자의 질문에 로인 벤츄라 감독이 씩 웃더니 턱수염을 쓰다듬었다. 그리고는 마치 한정훈에게 들으라는 듯이 말했다.

　"실력만 놓고 보자면 당연히 뽑아야겠지만 우리한테 너무 모질게 굴면 심통이 날지도 모르겠습니다."

　로인 벤츄라 감독의 넉살에 사방에서 웃음이 터져 나왔다.

재차 월드 시리즈 패권을 노리는 화이트삭스 입장에서 올스타전의 승리는 무엇보다 중요했다.

당연히 리그 최고의 에이스로 꼽히고 있는 한정훈을 뽑지 않을 수가 없었다.

그러나 올스타 팀 감독이 아니라 화이트삭스 감독의 입장에서 한정훈은 얄미운 대상일 수밖에 없었다.

지난 뉴욕 원정 경기에서 화이트삭스는 1승 2패를 거두고 돌아왔다. 전문가들은 최소 2승을 거둘 거라 전망했지만 첫 경기에 한정훈을 만난 게 불운으로 작용했다.

1차전에 선발 등판한 한정훈은 8이닝 동안 무려 14개의 탈삼진을 잡아내며 상승세를 타던 화이트삭스 타선을 잠재워 버렸다. 특히나 중심 타자들을 상대로 탈삼진을 6개나 빼앗아 갔다.

그 후유증 때문인지는 몰라도 3, 4, 5번 클린업 타순이 보름 가까이 타격 슬럼프에 빠지면서 팀 성적도 추락했다.

이렇다 보니 로인 벤츄라 감독도 한정훈을 마냥 예뻐할 수가 없었다.

그래서 로인 벤츄라 감독은 언론을 통해 앓는 소리를 늘어 놓았다. 한정훈을 올스타에 뽑을 테니 이번 화이트삭스전에 서는 살살 던져 줬으면 좋겠다는 속내를 드러낸 것이다.

하지만 애석하게도 한정훈은 로인 벤츄라 감독의 인터뷰

를 보지 못했다. 비행기만 타면 곯아떨어지는 버릇을 아직
고치지 못한 탓이었다.

게다가 팀 사정상 화이트삭스를 봐줄 수도 없게 되어버
렸다.

1차전에서 화이트삭스는 루이스 세자르를 영혼까지 탈탈
털어버렸다.

3회까지 안타 11개와 사사구 4개를 묶어 9득점.

야수 실책이 포함되긴 했지만, 루이스 세자르를 거의 멘탈
붕괴 상태로 만들어버렸다.

결국 조지 지라디 감독은 4회부터 불펜을 가동시켰다. 그
러나 화이트삭스 타자들은 불펜이라고 해서 봐주지 않았다.

4회에 한 점, 5회에 한 점, 6회에 두 점, 7회에 또 한 점.

끈질기게 불펜 투수들을 물고 늘어지면서 조지 지라디 감
독이 새로 불러올린 루키들까지 마운드에 올리게 만들었다.

결국 6명의 불펜 투수를 전부 소비한 끝에 양키즈는 17 대
4로 대패했다. 이런 상황에서 등판하게 됐으니 한정훈도 독
해질 수밖에 없었다.

"스트라이크 아웃!"

"스트라이크 아웃!"

"스트라이크 아웃!"

1회 말 화이트삭스의 세 타자를 전부 3구 삼진으로 돌려세

운 걸 시작으로 한정훈은 무려 19개의 탈삼진 쇼를 펼쳤다.

지나치게 공격적인 피칭을 이어가다 홈런을 한 방 얻어맞기도 했지만, 화이트삭스의 상승세를 꺾어내겠다는 한정훈의 투지는 무시무시했다.

9이닝 1피안타 1실점 무사사구 19탈삼진.

이 압도적인 기록 속에 양키즈는 전날의 대패를 설욕하며 3 대 1 승리를 챙겼다. 화이트삭스의 에이스 크리스 세이도 7이닝 2실점으로 호투했지만, 한정훈의 호투 속에 묻히고 말았다.

1승 1패로 다시 동률이 된 상황에서 다음 날 시리즈의 승자를 결정짓기 위한 3차전이 열렸다.

양키즈의 선발은 예정대로 하리모토 쇼타를 선발 등판시켰다. 이에 맞서 화이트삭스도 좌완 에이스 호세 퀸타를 맞붙였다.

양 팀 좌완끼리의 맞대결은 팽팽한 투수전으로 이어졌다. 6회에 서로 홈런으로 한 점씩을 주고받은 걸 제외하고 이렇다 할 득점 기회가 나오지 않았다. 그렇다 보니 경기 후반을 앞두고 양 팀 더그아웃의 희비가 엇갈렸다.

"이대로만 가면 이길 수 있어."

화이트삭스 로인 벤츄라 감독은 승리를 자신했다. 생각보다 하리모토 쇼타의 공이 까다롭긴 했지만 이제 곧 양키즈가 불펜진을 가동하는 만큼 충분히 점수를 뽑아낼 수 있다고 판단했다.

그래서일까. 조지 지라디 감독은 좀처럼 투수 교체 타이밍을 결정하지 못하고 있었다.

기존 원칙대로라면 하리모토 쇼타는 7회까지였다. 6회까지 하리모토 쇼타의 투구 수는 84구. 지금까지 경기당 평균 100구 정도를 소화해 왔던 걸 감안하면 8회까지 맡기는 건 어려워 보였다.

하지만 7회에 하리모토 쇼타를 내리면 8회부터 맡길 투수가 없었다. 한정훈이 완봉승을 거둬준 덕분에 하루 휴식을 갖긴 했지만, 그 정도로 불펜 투수들의 컨디션이 올라올 리 없었다.

"쇼타의 상태는 어때?"

조지 지라디 감독이 로비 토마스 벤치 코치를 찾았다.

"아직까지는 괜찮습니다."

로비 토마스 코치가 냉큼 대답했다. 때마침 하리모토 쇼타를 격려하고 오던 차였다.

"8회까지 던질 수 있을까?"

조지 지라디 감독의 시선이 로비 토마스 코치를 지나 수건으로 땀을 닦고 있는 하리모토 쇼타에게 향했다.

아무리 생각해 봐도 집단 부진에 빠진 불펜진보다 지친 하리모토 쇼타에게 마운드를 맡기는 편이 나을 것 같았다.

"글쎄요. 투구 수는 여유가 있습니다만……."

로비 토마스 코치는 확답을 주지 못했다. 하리모토 쇼타가 지금껏 긴 이닝을 소화한 적이 극히 드물었기 때문이다.

오늘 경기 전까지 하리모토 쇼타의 평균 투구 이닝은 7.05이닝이었다. 시즌이 거듭될수록 모든 지표는 좋아지고 있었지만, 이닝 소화 능력은 시즌 초나 지금이나 큰 차이가 없었다.

17경기 중 7이닝을 소화한 경기가 10경기였다. 7.1이닝이 2경기, 7.2이닝이 2경기, 8이닝은 단 1경기에 그쳤다.

게다가 7이닝을 넘긴 경기는 하나같이 투구 수 관리가 잘되었을 때뿐이었다.

한정훈 못지않게 자기 관리가 철저한 스타일이다 보니 어지간해서는 한계 투구 수 이상 던지는 경우가 없었다.

"흠……."

조지 지라디 감독이 길게 신음했다. 마음 같아선 하리모토 쇼타를 9회까지 마운드에 올리고 싶었지만, 연평균 2,500만 달러를 받는 선수를 내키는 대로 부려먹을 수는 없는 모양이었다.

"젠장할."

고민하는 코칭스태프를 바라보며 하리모토 쇼타도 불만스러운 표정을 지었다.

만약 조지 지라디 감독이 다가와 팀 사정을 설명하며 8회를 부탁한다면 얼마든지 응할 마음이 있었다.

하지만 조지 지라디 감독은커녕 로비 토마스 코치조차 머뭇거리기만 했다. 그러면서 자신이 자발적으로 희생해 주길 바라기만 했다.

'만약 오늘 선발투수가 한정훈이었다면 고민 같은 건 하지 않았겠지.'

하리모토 쇼타가 입술을 질근 깨물었다. 실제 어제 경기에서도 조지 지라디 감독과 로비 토마스 코치는 번갈아 가며 한정훈을 찾아와 감사를 표했다.

경기가 끝난 이후에도 언론과의 인터뷰에서 가장 먼저 한정훈의 이름을 언급하며 모든 공을 돌리기까지 했다.

한정훈이 어려운 상황에서 팀을 승리로 이끈 만큼 당연한 대우라는 것쯤은 하리모토 쇼타도 알고 있었다.

다만, 하리모토 쇼타가 서운한 건 팀을 위해 희생할 기회조차 주어지지 않는다는 점이었다.

"이대로는 안 되겠어."

한참을 고심하던 하리모토 쇼타가 자리에서 일어났다. 그러자 옆자리에 앉아 있던 한정훈이 냉큼 하리모토 쇼타를 붙잡았다.

"아직 이닝 안 끝났는데 어딜 가?"

"화장실."

"거짓말하지 마. 너 전 이닝 끝나고 다녀왔잖아."

"젠장. 감독에게 볼일이 있으니까 이거 놔."

하리모토 쇼타가 신경질적으로 굴었다. 한정훈의 만류가 마치 너는 아직 팀을 위해 나설 만한 자격이 없다고 조롱하는 것 같아 괜히 짜증이 났다.

그러나 한정훈이 하리모토 쇼타를 붙잡은 이유는 따로 있었다.

"지금 더 던지겠다고 해봐야 안 먹힐 거야."

"왜? 네가 아니라서?"

"감정 가라앉혀. 아직 경기 끝난 거 아냐."

"젠장할!"

"그리고 8회든 9회든 던지고 싶으면 마운드에 올라가서 말해. 괜히 감독 부담 주지 말고."

할 말을 마친 한정훈이 하리모토 쇼타의 팔을 놓았다. 그러자 하리모토 쇼타가 얼굴을 와락 일그러뜨리고는 다시 제자리에 주저앉았다.

'어제 피칭 때문에 피곤할 텐데 쇼타까지 챙기다니. 과연

에이스다워.'

한 줄 뒤에서 그 모습을 지켜보던 다나카 마스히로가 은은한 미소를 머금었다.

하리모토 쇼타가 혼자서만 한정훈을 바라보는 것 같아 불안했었는데 알게 모르게 하리모토 쇼타를 챙기는 한정훈을 보니 이제야 좀 마음이 놓이는 것 같았다.

하지만 일본어를 모르는 다른 선수들의 눈에는 그 훈훈한 모습이 그저 한 편의 치정극처럼 느껴졌다.

"쟤들 확실히 이상하다니까?"

"그 소문이 사실인지도 모르겠어."

양키즈 선수들은 장난 가득한 얼굴로 한정훈과 하리모토 쇼타의 은밀한 관계에 대해 수군거렸다. 긴장감을 푸는 데 뒷담화처럼 효과만점인 것도 없었다.

그러나 애석하게도 양키즈의 7회 초 공격은 무득점으로 끝이 났다. 2사 후 안타와 사사구를 엮어 2사 1, 2루 기회를 만드는 데까진 성공했지만 4번 타자 그린 버드가 삼진으로 물러나고 만 것이다.

"빌어먹을. 더럽게 안 맞네!"

이번 시리즈 들어 안타를 때려내지 못한 그린 버드가 헬멧을 내던졌다. 팬들 사이에서는 신사로 알려질 만큼 매너가 좋은 선수였지만 중심 타자로서 제 몫을 다해내지 못했다는 사실만큼은 참을 수가 없었다.

그런 그린 버드의 엉덩이를 툭 하고 때리며 하리모토 쇼타가 나직이 중얼거렸다.

"다음번에는 꼭 쳐. 네 덕에 나도 완투 한 번 해보자."

그린 버드가 놀란 눈으로 하리모토 쇼타를 바라봤다. 평소 선수들과 별로 말을 섞지 않는 하리모토 쇼타가 일본어로 지껄였으니 꼭 욕처럼 느껴진 것이다.

다행히도 근처에 있던 통역사가 그린 버드에게 냉큼 다가와 하리모토 쇼타의 말을 전했다.

"하리모토 쇼타가 그렇게 말했다고요?"

그린 버드의 시선이 다시 하리모토 쇼타에게 향했다. 어느새 마운드에 올라 선 하리모토 쇼타의 얼굴에는 결연함이 가득 들어차 있었다.

"좋아, 어디 한 번 해보자."

그린 버드도 이를 악물었다. 하리모토 쇼타가 조금 더 마운드에서 버텨준다면 아직 승산은 남아 있다고 여겼다.

'잘 봐라, 한정훈.'

마지막 이닝일 가능성이 높다는 화이트삭스 중계진의 말을 부정하듯 하리모토 쇼타는 이를 악물고 공을 내던졌다.

그렇다고 투구 수를 아끼기 위해 억지로 맞춰 잡는 피칭은 하지 않았다.

지금까지 던져 왔던 것처럼 제구를 바탕으로 한 탄탄한 투구를 앞세워 화이트삭스의 하위 타선을 연속 삼진으로 돌려세웠다.

─하리모토 쇼타! 10번째 삼진을 잡아냅니다!
─정말 좋은 피칭이었습니다. 마치 왼손으로 던지는 한정훈을 보는 착각마저 들었습니다.

양키즈 중계진들은 승부처에서 힘을 내 준 하리모토 쇼타에게 극찬을 아끼지 않았다.

7회 초 찬스가 무산되면서 하리모토 쇼타가 마운드에서 흔들리면 어쩌나 걱정했는데 오히려 흔들리던 팀의 분위기를 바로잡아줬다고 치켜세웠다.

덩달아 조지 지라디 감독의 표정이 달라졌다. 비록 하위 타선이라고는 하지만 하리모토 쇼타가 보여준 견고한 피칭에 반해 버린 것이다.

"하리모토 쇼타에게 오늘 경기를 맡겨야겠어."

"그럼 제가 가서 말하겠습니다."

"아니, 아니야. 내가 가지. 내가 말하는 게 좋겠어."

조지 지라디 감독은 더그아웃으로 돌아온 하리모토 쇼타에게 8회에도 마운드에 올라갈 수 있는지를 물었다.

"물론입니다. 한정훈만큼은 아니지만, 일본에 있을 때 1년에 5경기 정도는 완투를 했습니다."

하리모토 쇼타가 기다렸다는 듯이 고개를 끄덕였다. 오늘 경기를 잡고 싶은 마음이 굴뚝같았는데 조지 지라디 감독이 먼저 와서 기회를 주니 마다할 이유가 없었다.

"8회에도 하리모토 쇼타가 마운드에 오를 거야. 그러니까 이번에 한 점 뽑아서 하리모토 쇼타를 꼭 승리 투수로 만들어주자고."

로비 토마스 코치는 타자들의 사기를 북돋았다. 타자들도 불펜 투수가 아니라 하리모토 쇼타가 계속해서 던진다는 사실에 기운을 냈다.

8회 초, 양키즈는 1사 만루 기회를 만들며 호세 퀸타를 강판시켰다. 투구 수에 여유가 있던 호세 퀸타를 물고 늘어지며 연속 사사구를 얻어낸 결과였다.

비록 화이트삭스의 불펜진에 막혀 득점으로 이어지지는 않았지만, 경기 분위기는 확실히 양키즈 쪽으로 흘렀다. 그러자 로인 벤츄라 감독도 지지 않고 선수들을 불러 모았다.

"하리모토 쇼타도 한계야. 그러니까 자신 있게 방망이를 휘두르라고. 누구든 하리모토 쇼타를 쓰러뜨리는 녀석이 오늘 경기의 MVP가 되는 거야!"

로인 벤츄라 감독의 독려에 화이트삭스 선수들이 저마다

눈을 빛냈다. 하지만 하리모토 쇼타도 아무런 대책 없이 마운드에 오른 게 아니었다.

"호세 퀸타가 강판됐으니 화이트삭스도 널 강판시키려 들 거야. 그러니까 이번 이닝에서는 유인구를 늘려봐. 어차피 급한 건 저쪽이니까."

한정훈의 조언대로 하리모토 쇼타는 변화구 구사 비율을 높였다. 노리던 포심 패스트볼 대신 하리모토 쇼타의 장기인 삼색마구가 홈 플레이트 구석구석을 찌르자 화이트삭스 타자들도 좀처럼 타이밍을 맞추지 못했다.

2루수 앞 땅볼, 삼진, 중견수 플라이.

또다시 세 타자를 깔끔하게 돌려세우며 하리모토 쇼타는 당당하게 더그아웃으로 돌아왔다.

투구 수는 109구.

한계 투구 수를 넘겼지만, 여전히 공은 빠르고 위력적이었다.

그리고 9회 초, 1사 1루 상황에서 양키즈의 득점이 터졌다. 타석에 들어선 4번 타자 그린 버드가 바뀐 투수 제인 페트리카의 가운데로 몰리는 투심 패스트볼을 잡아당겨 오른쪽 담장을 넘겨 버린 것이다.

1 대 1에서 멈춰 있던 전광판이 순식간에 3 대 1로 바뀌었다. 그와 동시에 셀러 필드의 4만여 관중의 입에서 탄식이

터져 나왔다.

"채프먼을 올려."

생각지도 못했던 두 점 차 리드에 조지 지라디 감독은 곧장 아롤디르 채프먼을 준비시켰다. 전날 한정훈의 원맨쇼로 마운드에 설 기회가 없었던 아롤디르 채프먼은 9회 말 세 타자를 범타로 돌려세우며 시즌 19세이브를 챙겼다.

그렇게 화이트삭스 원정 3연전은 양키즈의 승리로 끝이 났다.

시리즈 전적 2승 1패.

누적 원정 전적 4승 2패.

목표인 6승에 2승을 남겨놓은 상황에서 양키즈 선수들은 전세기를 타고 클리블랜드로 향했다.

선수들을 태운 전세기가 클리블랜드에 도착할 무렵, 콕스 TV를 통해 2022년 올스타전 선수 명단이 발표됐다.

당초 뉴욕 언론은 양키즈의 올스타 선수로 한정훈과 비비 그레고리우스를 예상했다.

아메리칸리그 최고의 선발투수로 평가받고 있는 한정훈의 올스타전 선발은 이견의 여지가 없었다. 보스턴 언론을 비롯한 다른 언론에서조차 아메리칸리그 선발투수로 한정훈을 지목할 정도였다.

하지만 한정훈 이외에는 딱히 두각을 드러내는 선수가 없었다. 그래서 양키즈 언론은 스탈린 카이스트로의 이적 이후 양키즈 내야를 이끌고 있는 비비 그레고리우스를 강력히 밀었다.

명문 구단의 자존심을 지키기 위해서라도 35명의 엔트리 속에 양키즈 선수가 최소 2명은 포함되어야 한다고 생각한 것이다.

그런데 정작 로인 벤츄라 감독은 뉴욕 언론의 요구를 배로 받아들여 버렸다. 한정훈과 비비 그레고리우스에 이어 하리모토 쇼타와 제이크 햄튼까지 올스타로 선발한 것이다.

화이트삭스전에서 8이닝 1실점 호투를 펼치며 시즌 11승을 올린 하리모토 쇼타의 선발은 어느 정도 납득이 갔다. 하지만 수비 불안으로 인해 지명 타자로 자리를 옮긴 제이크 햄튼은 뜻밖이라는 의견이 많았다.

일각에서는 팬 투표를 포함하여 무려 7명이나 출전하는 화이트삭스 선수들에 대한 논란을 돌리기 위해 로인 벤츄라 감독이 일부러 제이크 햄튼을 선발한 것이라는 말까지 나돌았다.

이 점에 대해 로인 벤츄라 감독은 젊고 실력 있는 지명 타자를 한 명 뽑고 싶었을 뿐이라며 항간의 루머를 일축했다.

제이크 햄튼도 인디언스전에서 3경기 연속 홈런을 때려내면서 자신의 실력을 입증해 냈다.

제이크 햄튼이 자신의 자리를 위협하자 4번 타자 그린 버드도 가만있지 않았다. 홈런 2개 포함 10안타 9타점으로 팀의 공격을 이끌었다.

덕분에 양키즈는 클리블랜드 원정 네 경기에서 17득점을 올릴 수 있었다.

하지만 타선의 폭발 속에서도 양키즈가 얻은 승수는 고작 1승에 불과했다. 다나카 마스히로-테너 제이슨-루이스 세자르로 이어지는 선발진은 제 몫을 다했으나 이번에도 불펜이 말썽을 부린 것이다.

특히나 1차전의 역전패는 뼈아팠다. 다나카 마스히로가 7이닝 1실점으로 호투했지만, 불펜 투수들이 무려 4점을 헌납하며 5 대 4, 한 점 차이로 승리를 날려 버리고 말았다.

다행히 2차전은 7이닝을 3실점으로 막아준 테너 제이슨을 앞세워 양키즈가 5 대 3, 두 점 차 승리를 차지했다.

테너 제이슨에 이어 마운드에 오른 제이크 린드그렌과 아롤디르 채프먼이 각각 1이닝을 무실점으로 틀어막으며 홀드와 세이브를 챙겼다.

그러나 2차전의 안정적인 마운드 운영은 3차전으로까지 이어지지 않았다. 루이스 세자르가 5이닝 4실점으로 물러난 상황에서 또다시 불펜진의 난조가 이어진 것이다.

양키즈 타자들도 부지런히 점수를 뽑아냈지만, 그보다 불펜 투수들의 실점이 더 많았다. ·

최종 스코어 11 대 8.

경기가 끝난 후 조지 지라디 감독은 물론이고 선수들 중 누구도 고개를 들지 못했다.

불펜진의 계속되는 방화에 양키즈 팬들도 분통을 터뜨렸다.

└제장! 이게 대체 몇 번째야? 짜증 나서 못 보겠네.

└양키즈에 투수가 없는 거야? 왜 계속 얻어맞는 녀석들만 마운드에 올리는 거야?

└원정 경기에서 무슨 일이 있었던 거야? 불펜 투수들끼리 밤새 단체 스트립쇼라도 즐긴 거야?

└진짜 선발투수들이 불쌍하다. 불쌍해. 불펜 투수들은 연봉 반납해. 너희들은 그만큼 받을 자격이 없어.

양키즈의 포스트시즌 진출을 위해서라도 불펜을 전부 갈아 치워야 한다며 비난의 목소리를 높였다.

"앤디 말이 맞았군."

브라이언 캐시 단장도 고개를 흔들어 댔다. 어떻게든 전반기까지는 버틸 수 있겠다 싶었는데 불펜진 보강을 더는 미룰 수 없을 것 같았다.

브라이언 캐시 단장은 태블릿을 켜고 양키즈에 데려올 만한 불펜 투수 명단을 살폈다.

앤디 패티스가 주고 간 목록을 바탕으로 여러 차례 회의를 통해 추리고 골라낸 명단 속에는 공교롭게도 라몬 에르난데스의 이름이 포함되어 있었다.

물론 앤디 패티스의 추천과는 달리 라몬 에르난데스는 1순위가 아니었다. 추천 순위는 7위. 토미 존 서저리 수술을 받았기 때문에 체력과 구속, 구위 등은 높은 점수를 받지 못했다.

하지만 비용적인 측면에서는 최종 선별된 선수 중 최고점을 받았다. 레드삭스의 정리 대상이라는 점이 높게 평가된 것이다.

게다가 트레이드 가능성도 높게 점쳐졌다. 무려 80% 이상. 이 정도면 어지간해서는 트레이드가 된다고 봐도 무방했다.

반면 다른 선수들은 트레이드 가능성이 희박했다. 당장 눈에 들어오는 선수는 대부분 20% 정도.

그나마 한번 들이밀 만한 선수들은 비쌌다. 시즌 중반에 양키즈가 원하는 상황이다 보니 손해를 감수할 수밖에 없었다.

그렇게 한참을 고심하던 브라이언 캐시 단장의 선택지는 레드삭스로 당첨이 되었다.

"젠장, 내가 이 인간에게 먼저 전화를 해야 하다니……."

브라이언 캐시 단장이 전화기를 들었다. 그리고 비서를 통해 레드삭스 단장실을 연결해 달라고 말했다.

그리고 잠시 후.

─오랜만이군.

오만함이 뚝뚝 떨어지는 목소리가 수화기 너머로 울려 퍼졌다.

89장
원정 10연전(3)

다음 날.

양키즈와 인디언스 간의 4연전 마지막 경기가 열렸다.

–양키즈의 선발투수는 한정훈입니다.

–18경기에 선발 등판해 14승 1패. 평균 자책점 0.86을 기록 중입니다.

–지난 경기 실점의 영향으로 평균 자책점이 소폭 상승했는데요.

–네, 말 그대로 소폭 상승이죠. 너무 미비하게 올라서 올랐는지조차 몰랐습니다.

양키즈가 루징 시리즈의 위기에 몰렸지만 양키즈 중계진은 비교적 차분하게 멘트를 이어갔다. 한정훈이라는 절대적인 에이스가 마운드에 오른 만큼 이변이 없는 한 승리를 거둘 것이라고 예상하는 분위기였다.

반면 인디언스 중계진은 상대적으로 나쁜 한정훈의 원정 경기 성적을 들먹이며 양키즈의 사기를 꺾으려 했다.

─올 시즌 14승을 기록 중이긴 하지만 한정훈의 원정 경기 성적은 썩 좋지 않습니다.

─원정 경기에 8경기에 나와서 고작 4승밖에 올리지 못했네요.

─첫 패배도 로키스 원정에서 기록했습니다.

─원정 경기 평균 자책점은 시즌 평균보다 두 배 가까이 높습니다.

─인디언스 타자들이 낯선 한정훈의 공을 침착하게 공략해 낸다면 충분히 승리할 수 있다고 생각합니다.

─동감입니다. 우리에게도 댄 살라자르가 있으니까요.

인디언스 중계진은 선발인 우완 댄 살라자르를 치켜세웠다.

댄 살라자르는 최고 구속이 98mile/h(≒157.7㎞,h)에 이르는 포심 패스트볼과 투심 패스트볼이 위력적인 투수였다. 시즌 성적은 9승 3패. 올 시즌 인디언스 투수 중 처음으로 10승을 바라보고 있었다.

현지 언론은 한정훈과 댄 살라자르의 맞대결을 가리켜 100마일의 전쟁이라 명명했다. 구속은 다소 차이가 나지만 피차 패스트볼 위주의 피칭을 즐기는 만큼 포심 패스트볼이 얼마나 잘 구사되느냐에 따라 승패가 갈릴 것이라고 전망했다.

그러면서도 홈에서 절대적으로 강한 댄 살라자르가 원정 경기에 약한 한정훈보다 나은 피칭을 선보일 가능성이 크다고 점쳤다.

그러나 현지 언론을 접한 양키즈 선수들은 하나같이 코웃음을 쳐 댔다.

"댄 살라자르의 홈경기 성적이 대체 얼마나 좋은 거야?"

"글쎄. 평균 자책점이 0점대라도 되나 보지?"

실제 댄 살라자르의 홈경기 성적은 9경기 6승 1패. 평균 자책점 1.71로 수준급이었다. 올 시즌 프로그렌 필드에서 20이닝 이상 등판한 투수 중 가장 낮은 평균 자책점을 보유하고 있었다.

하지만 그 정도로는 감히 한정훈의 비교 대상이 될 수 없었다. 시즌 성적에 비하면 실망스럽다는 원정 경기 평균 자책점이 댄 살라자르의 홈경기 평균 자책점보다 낮았기 때문이다.

전반기 마지막 경기를 앞둔 양키즈 선수들의 표정은 생각보다 밝았다. 전날 충격적인 역전패를 당하긴 했지만, 그 후유증에 시달리고 있는 선수는 손에 꼽을 정도였다. 그리고 그들조차 연패에 대한 걱정은 하지 않았다.

"자, 자. 오늘 누가 마운드에 오르는지 기억하고 있지? 그러니까 초반에 점수를 내자고. 한두 점만 뽑아내도 충분히 이길 수 있을 테니까."

베테랑인 더스티 애클리가 선수들을 다독거렸다. 본래 남들 앞에 나서는 걸 좋아하지 않는 성격이었지만 팀 성적이 좋아서일까. 스스로 고참으로서의 역할을 자처하고 있었다.

"오늘도 한 점이면 되는 거지?"

"그래도 두 점은 뽑아야지. 지난 경기처럼 얻어걸린 홈런이 나올 수도 있잖아."

"그럼 차라리 왕창 점수를 뽑아버리자고. 한정훈이 경기를 책임질 수 있게."

"그러다 감독이 한정훈을 쉬게 하면 어쩌려고 그래? 적당히 뽑자고, 적당히."

"그래, 한 다섯 점 정도면 되겠지."

선수들도 저마다 농담을 주고받으며 경기를 준비했다. 에이스인 한정훈의 등판 경기라는 사실만으로도 반쯤 이긴 기분마저 들었다.

반면 2승 1패로 앞서고 있는 인디언스의 더그아웃은 상대적으로 차분했다. 누구 하나 들뜬 목소리로 떠들어 대지 않았다. 오히려 주전급 선수들은 루키라도 된 것처럼 코치들을 붙잡고 한정훈을 공략하기 위한 조언을 듣기도 했다.

"한정훈은 80% 이상 패스트볼을 던져."

"80%가 패스트볼이라고요? 그게 가능해요?"

"더 놀라운 건 경기 초반에는 그 비율이 90% 이상으로 올라간다는 거야. 어떨 때는 이닝 내내 패스트볼만 던지기도 하니까."

타이 반 타격 코치가 한정훈의 피칭 스타일에 대해 다시 한 번 설명했다. 그러자 4번 타자 호세 아길레나가 별거 아니라는 투로 중얼거렸다.

"그럼 포심 패스트볼만 노리면 되는 거잖아요."

인디언스에서 공들여 키운 호세 아길레나는 팀 내에서 패스트볼을 가장 잘 공략하는 타자였다. 패스트볼에 대한 타율과 장타율, 홈런 수도 압도적인 1위였다. 그만큼 엄청난 배트 스피드를 자랑하고 있었다.

하지만 한정훈이 고작 한 구종의 패스트볼만 던졌다면 지금처럼 난공불락의 이미지가 만들어지지도 않았을 것이다.

"한정훈은 5종류의 패스트볼을 던져."

"5종류요?"

"그래, 최고 구속 104mile/h의 포심 패스트볼을 기본으로 투심 패스트볼과 컷 패스트볼, 스플리터와 변형 스플리터를 구사한다고."

"설마 그 구종들을 전부 104mile/h로 던지는 건 아니겠죠?"

1번 타자로서 가장 먼저 한정훈을 상대해야 하는 타일러 낼슨이 걱정스러운 표정을 지었다. 그러자 또 다른 타격 코치인 매트 쿼로가 냉큼 입을 열었다.

"당연히 구종마다 구속의 차이는 있지. 하지만 구속 차로 공을 걸러내는 건 쉽지 않을 거야. 한정훈은 투구 밸런스가 좋거든. 모든 구종을 포심 패스트볼 던지는 것처럼 던져. 심지어 너클 커브마저 말이야."

한정훈이 메이저리그 데뷔 시즌부터 압도적인 퍼포먼스를 선보이면서 미국 내 주요 스포츠 방송사들은 한 번씩 한정훈의 투구에 대한 면밀 분석을 실시했다.

투구 폼은 물론이고 공의 궤적, 그립, 회전수, 회전 방향, 타석에서의 체감 속도에 이르기까지 한정훈의 공략법을 알아내기 위해 노력했다.

하지만 그 어떤 방송사도 아직까지 한정훈을 완벽히 무너뜨릴 방법을 찾아내지 못했다.

구종과 코스에 따른 대처 방법까진 나왔지만, 한정훈의 로케이션과 커맨드가 워낙 좋다 보니 애써 분석한 게 무의미해지고 만 것이다.

그래서일까. 선수들에게 그럴듯한 조언을 해줘야 하는 타격 코치들조차 오늘만큼은 입을 열기가 부담스러웠다.

"자, 자. 복잡하게 생각하지 말자고. 초반 이닝에 패스트볼 비중이 높다는 거 잊지 않았지? 그러니까 첫 타석에서는 패스트볼에 타이밍을 맞춰. 기왕이면 포심 패스트볼을 노리라고. 타석에서 하나 이상은 포심 패스트볼을 던질 거 아냐. 안 그래?"

타이 반 타격 코치가 코칭스태프 회의의 결과대로 타자들의 노림수를 통일했다.

패스트볼.

그것도 최고 구속 104mile/h(≒167.3㎞/h)에 달하는 포심 패스트볼.

공격적이고 패기 넘치는 팀 컬러를 감안해 빠른 공 쪽으로 초점을 맞춘 것이다.

"오케이, 알았어요."

"포심 패스트볼이라면 눈 감고도 때릴 수 있어요."

코치의 명확한 주문에 타자들도 저마다 자신감을 되찾았다. 메이저리그 최고의 투수라는 타이틀 때문에 지레 겁을 먹었는데 포심 패스트볼을 때려내는 거라면 할 만하다는 생각이 든 것이다.

한편 한정훈과 마운드 싸움을 벌여야 하는 선발투수 댄 살라자르도 미키 칼라이 투수 코치의 조언을 들으며 마음을 다잡았다.

"지금까지 한정훈과 맞대결을 펼친 젊은 투수 대부분이 한정훈의 피칭에 압도되어 스스로 무너져 내렸어. 그러니까 댄, 너는 절대 한정훈의 피칭을 머릿속에 담지 마. 네가 상대해야 하는 건 한정훈이 아니라 양키즈 타자라고. 이 점을 명심해. 알았지?"

미키 칼라이 코치는 마운드 옆까지 따라와 댄 살라자르를 독려했다. 괜히 한정훈을 이겨보겠다는 욕심에 자멸하지 말고 자신만의 피칭을 이어가야 한다며 신신당부를 했다.

"걱정 마요, 코치. 난 더 이상 어린아이가 아니라고요."

댄 살라자르가 멋쩍게 웃으며 말했다.

아직 확실히 에이스 자리를 차지한 건 아니지만 팀의 1선발로서 댄 살라자르는 제 몫을 충분히 해주고 있었다.

미키 칼라이 코치의 노파심을 모르는 건 아니지만 치기 어린 마음에 인디언스의 와일드카드 확보가 걸린 중요한 경기를 망칠 생각은 눈곱만큼도 없었다.

"좋아, 댄! 너만 믿는다!"

1회 초 마운드에 오른 댄 살라자르는 특유의 공격적인 피칭을 앞세워 양키즈 타자들을 힘으로 윽박질렀다. 양키즈 타자들도 악착같이 덤벼들었지만, 평소보다 컨디션이 좋은 댄 살라자르의 공을 따라잡지 못했다.

"댄! 댄!"

"네가 최고야! 한정훈 따위 필요 없다고!"

프로그랜 필드에 모인 인디언스 팬들은 댄 살라자르를 향해 환호성을 내질렀다.

―댄 살라자르! 1회인데 벌써 97mile/h이 나왔습니다.

―하하, 양키즈 타자들의 표정을 봐요. 자신에게 무슨 일이 일어났는지조차 모르는 것 같습니다.

―댄 살라자르는 본래 3회쯤 되어야 제 구속이 나오는 스타일인데요. 1회부터 최고 구속에 버금가는 공을 던지고 있습니다.

―이대로면 오늘 경기에서 댄 살라자르의 최고 구속이 갱신될지도 모르겠네요.

인디언스 중계진들도 평소 불안하던 1회를 잘 넘겼다며 오늘 경기에서 댄 살라자르가 사고를 칠 것이라고 예언했다.

생각보다 공이 손가락 끝에 잘 걸리자 댄 살라자르도 페이스를 끌어올렸다. 2회 때 98mile/h을 전광판에 찍은 뒤 4회 때 기어코 자신의 최고 구속을 1mile/h 더 끌어올렸다.

5회까지 피안타 2개, 사사구 1개만 내주며 양키즈 타선을 압도했다. 탈삼진은 무려 9개. 올 시즌 선발 등판한 경기 중 가장 좋은 경기력을 선보이고 있었다.

하지만 인디언스 더그아웃의 분위기는 생각만큼 밝지가 않았다. 신들린 피칭으로 양키즈 타자들을 꽁꽁 틀어막은 댄 살라자르도 좀처럼 미소를 보이지 않았다.

양키즈 타선과는 질적으로 다른 인디언스 타자들을 상대로 단 하나의 안타도 내주지 않은 한정훈이 마운드에 올라왔기 때문이다.

―선두 타자는 4번 타자 호세 아길레나입니다.

―앞선 타석에서 3루수 앞 땅볼로 물러났는데요.

―한정훈의 J―스플리터를 힘껏 잡아당겼습니다만 완전히 먹혀 버린 타구가 나왔죠?

―타순이 한 바퀴 돈 만큼 조금 더 집중해야겠지만 이번 이닝도 한정훈이 잘 막아줄 것이라 기대합니다.

5회 말, 인디언스의 공격이 4번 타자부터 시작됐지만 양키즈 해설진은 필요 이상의 걱정은 하지 않았다.

오히려 듣기에 따라서는 말로만 걱정하는 것 같다는 느낌마저 들었다.

그만큼 중계진의 목소리에는 최근 들어 완벽투를 이어가고 있는 한정훈에 대한 믿음이 가득 담겨 있었다.

한정훈은 그런 중계진의 기대를 저버리지 않았다. 패스트볼 킬러라 불리던 4번 타자 호세 아길레나를 상대로는 4구 연속 포심 패스트볼을 던진 끝에 삼진으로 잡아냈다.

3구째 들어온 포심 패스트볼을 가까스로 건드리며 연명했던 호세 아길레나도 4구째 몸 쪽 꽉 차게 들어온 104mile/h짜리 포심 패스트볼에는 감히 방망이를 내밀지 못했다.

뜨거웠던 승부의 열기를 식히기 위해 5번 타자 지오반니 셀라에게 초구 너클 커브를 던지다 텍사스성 안타를 내주며 퍼펙트 행진이 깨지긴 했지만, 한정훈은 흔들리지 않았다.

6번 타자 마이크 브랜디를 유격수 앞 땅볼로 유도해 더블 플레이로 깔끔하게 이닝을 끝마쳤다.

―역시 한정훈입니다. 경기를 제 마음대로 주무르고 있습니다.

―인내심이 좋은 마이크 브랜디를 상대로 완벽한 유인구를 던져 방망이를 끌어냈습니다. 저건 어지간한 투수들은 흉내조차 낼 수 없는 예술에 가까운 피칭입니다.

공 7개만 던지고 마운드를 내려가는 한정훈을 향해 양키즈 중계진은 찬사를 쏟아냈다.

반면 지오반니 셀라의 안타로 들떠 있었던 인디언스 중계진은 침묵에 빠져들었다. 설마하니 통산 타율이 2할 9푼 1리에 달하는 마이크 브랜디가 그 상황에서 병살타를 때릴 줄은 전혀 예상하지 못한 것이다.

잠시 끓어올랐던 프로그렌 필드도 잠잠해졌다. 그 불편한 분위기가 마운드에 오르는 댄 살라자르의 어깨를 무겁게 짓눌렀다.

"후우……."

길게 숨을 고르며 댄 살라자르는 미키 칼라이 투수 코치의 조언을 되뇌었다.

'한정훈을 신경 쓰지 말자. 나만의 피칭에 집중하자.'

그렇게 한참 동안 마음을 다잡은 덕분에 댄 살라자르는 6회 초 양키즈 공격을 삼자 범퇴로 돌려세울 수 있었다.

─댄 살라자르! 에이스의 피칭을 이어가고 있습니다!

─아메리칸리그 최고의 투수라던 한정훈에게 조금도 밀리지 않는 완벽한 피칭입니다. 이 기세라면 완투도 충분해 보입니다.

인디언스 중계진은 양키즈에 넘어갈 것 같았던 분위기를 다잡아준 댄 살라자르를 에이스라 치켜세웠다. 아울러 인디언스의 에이스로서 한정훈에 맞서 끝까지 마운드에서 버텨주길 바랐다.

양키즈 타자들이 적극적으로 방망이를 내민 덕분에 댄 살라자르의 투구 수는 67구에 불과했다.

한계 투구 수가 110구 정도인 만큼 지금보다 투구 수가 늘어나더라도 9회 까진 무리 없이 막아줄 것 같았다.

하지만 모두를 놀라게 만든 댄 살라자르의 호투는 7회 초에서 막을 내리고 말았다.

따악!

앞선 세 경기에서 홈런포를 가동했던 3번 타자 제이크 햄튼이 또다시 담장을 넘겨 버린 데 이어.

따악!

4번 타자 그린 버드도 지지 않고 백투백홈런을 때려낸 것이다.

이 홈런 두 방으로 댄 살라자르는 무너졌다.

6.1이닝 3피안타 3사사구 4실점.

연속 사사구로 남겨놓은 승계 주자가 모두 홈을 밟으며 10승 달성에 실패하고 말았다.

반면 한정훈은 9회까지 피안타 3개만 내주며 인디언스 타

선을 무실점으로 틀어막았다. 그리고 양키즈를 와일드카드
순위 2위로 되돌려 놓았다.

뉴욕으로 돌아오는 전세기 안은 떠들썩했다. 보통은 피곤함에 곯아떨어진 선수가 대부분이었지만 와일드카드 순위 2위로 복귀해서일까. 다들 들뜬 기분을 감추지 못했다.

　"이대로만 가면 올해는 포스트시즌에 진출할 수 있는 거지?"

　"당연하지! 순위표를 보라고! 우리가 2등이야! 우린 와일드카드 결정전을 치를 수 있다고!"

　지난 몇 년간 양키즈는 포스트시즌에 진출한 적이 없었다. 지구 우승은 말할 것도 없고 와일드카드 결정전에 나간 것도 2015년이 마지막이었다.

　아니, 올해처럼 와일드카드 순위 경쟁을 하고 있는 것도

5년 만의 일이었다. 그렇다 보니 너 나 할 것 없이 포스트시즌에 대한 꿈을 부풀렸다.

"와일드카드 결정전을 치르고 나면 곧바로 디비전 시리즈야?"

한정훈의 옆자리에 앉아 있던 하리모토 쇼타도 포스트시즌에 관심을 보였다. 하지만 비행기만 타면 곯아떨어지는 한정훈은 아무런 대답도 해줄 수가 없었다.

그런 한정훈을 대신해 건너편에 앉아 있던 다나카 마스히로가 입을 열었다.

"하루 이동일을 갖지."

"그럼 다음 등판은 빨라야 3차전이겠네요."

하리모토 쇼타가 손가락을 꼽으며 말했다. 그러자 다나카 마스히로가 피식 웃음을 흘렸다.

"왜? 네가 와일드카드 결정전에 나가게?"

"전략적으로 그게 낫지 않을까요? 한정훈을 와일드카드 결정전에 올리는 건 너무 아깝잖아요."

하리모토 쇼타가 다나카 마스히로를 바라봤다. 양키즈 전력의 핵심인 한정훈을 최대한 많은 경기에 투입하기 위해서라도 와일드카드 결정전은 다른 투수가 던지는 게 낫다는 생각이 들었다.

하지만 다나카 마스히로는 하리모토 쇼타의 의견에 동의

해 줄 수가 없었다.

"메이저리그는 양대 리그로 운영되고 각 리그는 세 개의 지구로 나뉘지. 지구 우승팀에게 포스트시즌 진출권을 주자니 홀수라 토너먼트가 불가능해서 와일드카드 제도가 나온 거고. 거기에 포스트시즌 경기 수를 늘리면서 리그 최다 승리 팀에게 어드밴티지를 주기 위해 와일드카드 결정전이 도입된 거야. 여기까지는 알고 있지?"

"그럼요."

"5전 3선승제인 디비전 시리즈와 달리 와일드카드 결정전은 단판 승부야. 게다가 와일드카드 1위 팀 경기장에서 경기를 치러야 하지. 지금 성적이 그대로 유지된다고 가정하면 우린 시애틀에 가서 와일드카드 결정전을 치러야 해. 만약 네가 감독이라면 이 경기에 누굴 내보내겠어?"

"그야……."

하리모토 쇼타가 대답 대신 한정훈 쪽을 힐끔 바라봤다.

감독의 입장에서 봤을 때 단판으로 끝나는 와일드카드 결정전에서 한정훈보다 믿음직스러운 선발투수는 존재하지 않았다.

"그러고 보니 선배도 와일드카드 결정전 때 선발 등판 했었죠?"

하리모토 쇼타의 시선이 다시 다나카 마스히로에게 향

했다. 메이저리그 진출 2년 차이던 2015년 양키즈의 마지막 와일드카드 결정전 때 공을 던지던 다나카 마스히로가 생각이 난 것이다.

"그 이야기는 별로 하고 싶지 않은데."

다나카 마스히로가 쓴웃음을 머금었다. 에이스로서 팀을 디비전 시리즈로 이끌어야 한다는 중책을 가지고 출전한 경기에서 다나카 마스히로는 댈런 카이클에게 완패하고 말았다.

5이닝 4피안타 2실점.

솔로 홈런 두 방을 얻어맞고 2실점을 한 게 치명타였다.

반면 애스트로스의 에이스 댈런 카이클은 6이닝 동안 안타 3개만 허용한 채 무실점으로 양키즈 타선을 틀어막았다. 덕분에 디비전 시리즈 진출 팀도 애스트로스로 결정이 났다.

만약 그때 홈런을 허용하지 않았다면 어땠을까. 그 경기를 잡고 양키즈가 디비전 시리즈에 진출했다면 어땠을까.

말하지 않았지만, 다나카 마스히로는 요즘도 그날이 후회스러웠다. 악의 제국이라 불릴 만큼 우승을 위해 돈을 써대던 양키즈가 이토록 오랫동안 하위권을 맴돌 줄은 전혀 생각하지 못했기 때문이다.

그래서 다나카 마스히로는 양키즈가 와일드카드 결정전을 치르게 된다면 선발투수는 한정훈뿐이라고 단언했다.

"와일드카드 결정전에서 이기는 게 먼저야. 디비전 시리즈는 그다음이라고. 한정훈이 1차전과 5차전에 등판해 2승을 책임져 준다면 너와 내 어깨는 가벼워질지 모르지. 하지만 팀의 승리라는 건 모두가 만드는 거야. 어느 한 사람에게 기대서는 이룰 수가 없어."

다나카 마스히로가 뼈에 사무친 조언을 해주었다. 한정훈 한 명으로 포스트시즌의 모든 경기를 치르는 건 불가능한 일이었다.

한정훈이 와일드카드 결정전을 잡아준다면 그다음에는 자신과 하리모토 쇼타가 힘을 내서 한정훈의 뒤를 받쳐 주어야 했다.

"후우, 이래저래 부담스럽긴 마찬가지네요."

하리모토 쇼타가 마지못해 고개를 주억거렸다.

와일드카드 쟁탈전의 중요성을 모르는 바는 아니지만, 다음은 생각할 여유가 없다는 다나카 마스히로의 한마디가 양키즈의 현주소를 말해주는 것 같아 마음 한구석이 씁쓸해졌다.

그리고 한참 동안 와일드카드 순위표를 보던 조지 지라디 감독도 심란함을 감추지 못했다.

"우승은 어려울까?"

조지 지라디 감독이 혼잣말처럼 중얼거렸다. 그러자 옆자리에 앉아 있던 로비 토마스 벤치 코치가 깜짝 놀란 표정을 지었다.

"설마 월드 시리즈 우승을 말씀하시는 겁니까?"

"응? 아니, 이 전력으로 월드 시리즈 우승은 무리인 거 잘 알잖아."

조지 지라디 감독이 피식 웃었다. 와일드카드 결정전부터 치러야 하는 양키즈가 월드 시리즈 우승을 차지하기란 결코 쉬운 일이 아니었다.

"아, 지구 우승 말씀이시군요."

로비 토마스 코치가 뒤늦게 조지 지라디 감독의 말뜻을 알아챘다. 하지만 그의 표정은 우승이라는 단어를 오해했을 때와 별반 달라지지 않았다.

"어렵겠지?"

조지 지라디 감독이 다시 물었다. 최근 들어 양키즈가 좋은 성적을 거두고 있는 만큼 어쩌면 로비 토마스 코치가 희망적인 대답을 해줄지도 모른다고 기대했다.

그러나 로비 토마스 코치의 대답은 상식선에서 벗어나지 못했다.

"현실적으로 쉽지 않습니다."

"쉽지 않다라……."

"여전히 레드삭스와는 6경기 차이니까요."

전반기를 모두 마친 상황에서 아메리칸리그 동부 지구 1위 자리는 레드삭스가 차지하고 있었다.

전반기 성적은 53승 37패, 승률 0.589.

4월 중순 이후 레드삭스는 단 한 차례도 1위에서 내려오지 않는 저력을 보여주고 있었다.

5할 승률을 달성하면 다행이라던 양키즈는 레드삭스에 이어 동부 지구 2위에 올라 있었다.

47승 43패, 승률 0.522.

전반기 막판 불펜진의 난조가 아쉬웠지만, 패배보다 4경기나 더 이겼으니 이 정도면 충분히 만족스러운 결과였다.

그러나 조지 지라디 감독은 아직 성에 차지 않았다. 가능하다면 레드삭스를 밀어내고 지구 우승을 차지하고 싶었다.

'만약 한정훈의 일정을 최대한 조절한다면……'

조지 지라디 감독이 잠시 욕심을 부렸다. 이동 일을 감안해 한정훈의 일정을 조금씩 조정한다면 최소 두 경기 이상은 더 출전시킬 수 있을 것 같았다.

하지만 로비 토마스 코치는 그래서는 안 된다고 충고했다.

"한정훈은 지금도 제 몫을 충분히 다해주고 있습니다. 내년 시즌을 위해서라도 후반기에는 한정훈을 관리해 줄 필요가 있다고 생각합니다."

한정훈은 전반기 19경기에 선발 등판해 155이닝을 던졌다. 이닝당 평균 8.16이닝. 한정훈이 후반기에 최소 15경기에 등판한다고 가정한다면 시즌이 끝날 때에는 무려 277이닝을 던지게 된다.

근 10년간 한 시즌에 250이닝 이상 던진 투수를 찾기도 어려운 판에 277이닝을 던지게 하는 건 혹사나 다름없었다. 그런데 여기서 경기 수까지 늘려 버린다면 한정훈은 정말로 300이닝을 돌파하게 될지 몰랐다.

"그래, 토미 말이 맞아."

망상에서 빠져 나온 조지 지라디 감독이 쓴웃음을 지었다. 지구 우승에 욕심이 난다고 해서 장차 양키즈의 마운드를 이끌어줄 한정훈을 망가뜨릴 수는 없는 노릇이었다.

"그럼 결국 한정훈을 와일드카드 결정전에 내보내야 한다는 이야기인데……."

손에 든 태블릿을 내려다보던 조지 지라디 감독이 다시 혼자만의 고민에 빠져들었다. 아직 후반기 일정이 72경기나 남아 있었지만, 포스트시즌에 대한 궁리를 미리미리 해두어야 할 것 같았다.

91장
올스타(2)

뉴욕에 도착한 한정훈은 구단에 들러 김미영을 찾아갔다. 경기 직후 곧바로 비행기에 올라서인지 어깨가 좀 뭉치긴 했지만, 다행히도 특별한 이상은 없어 보였다.

하지만 김미영은 한국에서보다 더 긴 시즌을 소화해야 하는 한정훈이 걱정스럽기만 했다.

"올 시즌 끝나면 누나하고 좀 더 빡세게 훈련하자."

"뭘 또 빡세게 해요. 하던 대로 하면 되는데."

"애 좀 봐. 지금 네 연봉이 얼마나 올랐는지 알고 그런 소리 하는 거야? 구단에서 세금 보전까지 다 해주고 있는데 그 많은 돈을 받고 부상이라도 당하면 어쩌려고 그래?"

구구절절 정곡을 찌르는 김미영의 화법은 메이저리그에서

도 별반 달라지지 않았다. 오히려 구단을 대신해 시어머니처럼 잔소리까지 추가되어서 김미영만 만나면 정신이 번쩍 들 정도였다.

"그건 그렇고 올스타 브레이크 때 뭐 할 거예요?"

김미영의 잔소리가 늘어날 것 같자 한정훈이 냉큼 화제를 돌렸다. 하지만 올스타전에 선발 출전하는 선수의 전담 의사에게 올스타 브레이크에 무엇을 할 거냐는 질문은 놀리는 거나 별반 다를 것이 없었다.

"뭐 하긴 뭘 해. 너 때문에 대기해야 하는데."

"나 신경 쓰지 말고 한국에 다녀오라니까요?"

"아 글쎄, 나도 그러고 싶은데 구단에서 안 보내준다고. 그러게 왜 쓸데없이 야구를 잘해서 여러 사람 피곤하게 하냐?"

김미영이 입술을 삐죽거렸다. 그렇지 않아도 한정훈의 허락을 받고 잠시 한국에 다녀올 생각이었는데 양키즈 구단에서 구단에 남아 달라고 부탁을 해온 탓에 모든 스케줄이 취소가 되고 말았다.

"내가 구단에 다시 말해볼게요."

괜히 미안해진 한정훈이 김미영을 달랬다. 하지만 양키즈 구단 입장에서도 어쩔 수 없는 결정이었다.

아메리칸리그 투수 중 가장 좋은 성적을 거둔 한정훈은 아메리칸리그 올스타 선발투수로 일찌감치 낙점된 상태였다.

아메리칸리그 올스타 팀 감독인 화이트삭스의 로인 벤츄라 감독은 한정훈을 최대 3이닝까지 끌고 갈 수도 있다는 뜻을 밝혔다.

올스타전 결과에 따라 월드 시리즈 홈 어드밴티지가 결정되는 만큼 전력을 다하겠다는 소리였다.

한정훈이 순수한 의미로 올스타전을 즐기겠다고 하더라도 리그의 자존심이 걸린 싸움의 선봉장이 된 만큼 대충 공을 던질 수는 없을 것 같았다. 아니, 한정훈의 성격상 막상 마운드에 오르면 최선을 다할 게 뻔했다.

게다가 올스타전이 끝나면 곧바로 레드삭스와의 홈 3연전이 기다리고 있었다.

일반적인 선발 로테이션을 따른다면 한정훈은 다음 시리즈에 등판하게 되겠지만 지구 우승을 두고 다투는 전통의 라이벌 레드삭스인 만큼 선발 로테이션이 바뀌어 한정훈이 한 경기를 책임질 가능성도 배제하기 어려웠다.

이런 상황에서 양키즈가 한정훈의 전담의인 김미영을 한국으로 보낼 수는 없는 일이었다. 김미영도 어깨에 과부하가 걸릴 게 뻔한 한정훈을 놔두고 한가롭게 한국에서 휴식을 즐기고 싶지 않았다.

"그러니까 적당히 좀 던져. 왜 그렇게 잘 던지려고 안달이야."

김미영이 다시 투덜거렸다. 한국에서나 미국에서나 에이스라는 이유만으로 한정훈이 모든 짐을 다 짊어지려는 것 같아 안쓰럽기만 했다.

하지만 한정훈은 지금 이 상황이 싫지 않았다. 힘든 건 사실이지만 할 수만 있다면 은퇴하기 직전까지 이런 부담감 속에 살아보고 싶었다.

"알았어요, 알았어. 올겨울에 빡세게 훈련합시다. 그럼 됐죠?"

한정훈이 애써 웃으며 김미영을 달랬다. 자신보다 제 몸을 더 걱정해 주는 김미영이 이제는 가족처럼 느껴졌다.

그러나 김미영은 능글맞은 한정훈이 얄밉기만 했다.

"나중에 딴소리만 해봐. 올겨울에 아주 지옥을 맛보게 해 줄 테니까."

김미영이 한정훈의 옆구리를 힘껏 비틀었다.

"으악!"

한정훈의 입에서 절로 곡소리가 터져 나왔다.

"엄살은. 그런데 기분은 어때?"

"아파요. 엄청."

"그거 말고. 올스타에 선발된 거 말이야."

한국은 한정훈이 올스타에 선정된 사실로 매일같이 떠들썩했다.

언론들은 물론이고 전문가들도 데뷔 첫해에 올스타에 뽑힌 것도 대단한데 한국인 메이저리거 최초로 선발 등판을 하게 됐으니 한국 야구의 자존심을 높인 거나 다름없다며 칭찬을 아끼지 않았다.

하지만 정작 한정훈은 시큰둥한 반응이었다.

"아, 그거요? 뭐…… 좋죠."

"왜 그래? 올스타전 나가기 싫어?"

"싫은 건 아닌데…… 그냥 그래요. 팬들이 투표로 뽑아주는 것도 아니니까."

다른 선수들이 들었다면 복에 겨운 소리를 한다며 이맛살을 찌푸렸겠지만, 한정훈은 팬 투표가 아닌 감독 추천으로 올스타전에 선발된 게 반갑지만은 않았다.

"그거야 방식이 그런 걸 어떻게 해?"

김미영이 살짝 어이없다는 표정을 지었다. 메이저리그 올스타전에서 팬 투표로 선발되는 건 야수들뿐이었다. 투수들의 경우, 예외 없이 감독 추천의 과정을 거쳐야 했다.

그 사실을 한정훈도 모를 리 없었다. 하지만 머릿속으로 이해한 것과 막상 겪는 건 느낌이 달랐다.

"알죠. 하지만 별로 긴장감이 없잖아요."

"긴장감이라니?"

"누나는 몰라요. 중간 투표 결과를 기다리는 그 묘미를요."

한국 프로야구에서 올스타전 선발은 철저하게 팬 투표로 결정이 된다. 성적도 중요하지만 다른 팀 팬들에게 실력으로 인정받지 못하면 팬 투표에서 1위를 차지하기가 쉽지 않았다.

그래서 선수들도 올스타전으로 뽑힌 투수들을 진짜 에이스로 인정하곤 했다. 실력은 물론이고 특정 구단에 얽매이지 않는 인기까지 갖췄기 때문이다.

한국에서의 4년 동안 한정훈은 대한민국 에이스로서의 모든 걸 누려왔다. 4년 내내 서부 리그 선발투수는 한정훈이었다. 데뷔 연도를 제외하고 그 어떤 투수도 한정훈의 경쟁 상대가 되지 않았다.

하지만 메이저리그에서는 달랐다. 개인 성적만 놓고 보자면 아메리칸리그, 아니, 메이저리그를 통틀어 한정훈은 최고라 평가받고 있었다. 그러나 실제 올스타전의 이슈들은 팬 투표를 통해 각축전을 벌이는 각 팀의 야수들이 독점하고 있었다.

한정훈은 그런 분위기가 썩 마음에 들지 않았다. 투수도 팬 투표 방식을 거치면 훨씬 흥미진진했겠지만, 지금은 솔직히 야수들이 차려놓은 밥상에 숟가락만 올려놓은 느낌이었다.

"너도 참…… 가끔 이럴 때 보면 재수 없어."

한정훈의 배부른 투정에 김미영이 고개를 흔들어 댔다. 며칠 전에 잠깐 만났던 하리모토 쇼타는 올스타전 출전을 축하한다는 인사치레에도 목덜미까지 빨개져서 어쩔 줄을 몰라했는데 정작 한정훈은 올스타전의 선발투수로 뽑혔는데도 오히려 불만만 늘어놓고 있으니 기가 막힐 지경이었다.

그러나 한정훈은 애당초 김미영을 이해시킬 생각이 없었다.

"나중에 다시 태어날 일이 있으면 누나도 야구 해봐요. 그럼 내 심정 알 테니까."

"뭐, 인마? 지금 나 용가리 통뼈라고 놀리는 거냐?"

"그냥 말이 그렇다고요. 어쨌든 나 때문에 한국에 못 간 건 정말 미안해요. 대신 내가 대표님께 말씀드려서 보너스 두둑이 넣어달라고 할게요."

"짜식, 사양은 안 하마."

살짝 일그러졌던 김미영의 얼굴이 보너스라는 한마디에 화사하게 바뀌었다.

속물처럼 굴 생각은 없지만, 한정훈 때문에 올스타 브레이크도 휴식 없이 보내야 하는 걸 감안하면 특별 수당 정도는 챙겨 받아도 나쁠 것 같지 않았다.

"사양하지 말고 많이 뜯어가요. 그래야 나도 누나 덕에 야구 오래 하죠."

한정훈의 입가에도 웃음이 걸렸다. 농담이 아니라 여기까지 올 수 있었던 데에는 김미영의 공도 컸다. 지분으로 따지자면 못해도 10%는 주고 싶을 정도였다.

"어이고, 우리 정훈이 다 컸네. 누나 고마운 줄도 알고."

"키는 원래 내가 더 컸다니까요."

"또, 또. 그 아재 개그 좀 못 고치니?"

"아재 개그라니요. 내 개그가 어때서요."

"하아, 됐다. 얼른 집에나 가라. 부모님이 기다리시겠다."

김미영이 엉덩이를 털며 자리에서 일어났다. 잠깐 한정훈의 어깨 상태만 봐 주고 퇴근한다는 게 벌써 3시간이 지나 있었다.

"그럴 게 아니라 같이 가죠? 어머니 음식 정말 맛있는데."

한정훈이 김미영을 초대했다. 김상엽 팀장과 직원 두 명도 함께하기로 한 만큼 김미영이 참석해도 어색할 것 같지 않았다.

하지만 김미영은 단호하게 고개를 저었다.

"난 됐어. 그런 자리 불편해."

"그래요 그럼. 나중에 남은 음식 좀 가져올게요."

"그래 주면 고맙고."

"그럼 조심해서 들어가요. 위험하게 밤늦게까지 혼자 돌아다니지 말고요."

"어머, 너 지금 누나 걱정하는 거니?"

"그럴 리가요. 누나의 술주정에 놀랄지도 모르는 뉴욕 시민을 걱정하는 거죠."

"그럼 그렇지. 얼른 가, 인마. 붕대로 입을 틀어막아 버리기 전에."

어느새 압박 붕대를 손에 쥔 김미영을 피해 한정훈이 후다닥 개인 치료실을 나왔다. 문밖에는 김상엽 팀장이 태블릿을 든 채로 기다리고 있었다.

"오늘은 김미영 선생님도 같이 가시는 겁니까?"

한정훈이 나오자 김상엽 팀장이 슬쩍 치료실 안쪽을 바라봤다. 하지만 굳게 닫힌 문은 다시 열리지 않았다. 자연스럽게 김상엽 팀장의 기대감도 실망감으로 변했다.

"그러게 시원하게 고백하라니까요."

한정훈이 쯧쯧 혀를 찼다. 회사 일은 박찬영 대표가 인정하고 맡길 정도로 똑 부러지게 잘하면서 바로 코앞에 있는 김미영에게 자신의 감정조차 전하지 못하는 김상엽 팀장의 모습이 그저 답답하기만 했다.

하지만 김상엽 팀장은 천천히 고개를 저었다.

"아직은 때가 아닙니다."

"때는 무슨 얼어 죽을 때예요."

"한정훈 선수가 잘 몰라서 하는 말인데 연애에도 타이밍이라는 게 있습니다."

"하아, 그러니까 지금이 들이댈 타이밍이라니까요?"

"25년째 여자 한 번 못 사귀어 본 누군가에게 들을 조언은 아닌 거 같은데요."

김상엽 팀장은 한 귀로 한정훈의 말을 흘려버렸다. 아니, 애당초 연예계에서 밑바닥부터 다지며 산전수전 다 겪은 자신에게 야구밖에 모르던 한정훈이 훈수를 둔다는 것 자체가 웃긴 노릇이었다.

'젠장, 내가 이런 소리까지 들어야 한다니.'

한정훈도 입을 다물었다. 마음 같아선 과거 결혼해서 아이까지 낳은 유부남이었다는 사실을 김상엽 팀장에게 밝히고 싶었지만 그랬다간 한국에서 박찬영 대표가 정신과 의사들을 대동하고 날아올 게 뻔했다.

'이럴 줄 알았으면 한국에서 연애 좀 해보는 건데.'

한정훈은 내심 후회가 들었다. 훌륭한 야구 선수가 되어서 남부럽지 않은 인생을 사는 게 목표였는데 두 마리 토끼를 잡기가 쉽지 않아 보였다.

그때였다.

"참, 그런데 혹시 김초롱이라는 여자분 아십니까?"

김상엽 팀장이 화제를 바꿨다.

"김초롱이요?"

뜬금없이 튀어나온 여자 이름에 한정훈의 눈동자가 흔들렸다. 불현듯 지난 홈경기 때 화장실이 급해 사인 요청을 외면했던 젊은 한국 여성이 머릿속을 스쳐 지난 것이다.

그러나 고작 그런 팬이었다면 김상엽 팀장이 이름까지 입에 올릴 이유가 없었다.

"네, MBS 스포츠 신입 아나운서라고 하던데 한정훈 선수와 아는 사이라고 해서요."

"아…… 그 김초롱 아나운서요?"

"정말 아세요?"

"만난 적은 없는데 재훈이 형이 한번 만나보라고 소개시켜 줬거든요. 연락처는 받았었는데…… 바쁘다고 까먹었네요."

한정훈이 안도하듯 주절거렸다. 그러자 김상엽 팀장이 난처하다는 표정을 지었다.

"큰일이네요. 아무래도 제가 실수를 한 거 같은데……."

"네? 뭐가요?"

"한정훈 선수를 사적으로 만나고 싶어 하는 여자들이 워낙 많으니까요. 김초롱 아나운서도 그런 부류라고 생각해서……."

"아……."

한정훈의 표정도 덩달아 굳어졌다. 더 듣지 않아도 김상엽 팀장이 특유의 단호한 말투로 김초롱 아나운서를 잘라낸 게 틀림없어 보였다.

"죄송합니다. 혹시 그분 연락처 알고 계시면 제게 알려주십시오. 제가 직접 찾아뵙고 사과하겠습니다."

김상엽 팀장이 자신의 선에서 해결하겠다고 말했다. 하지만 한정훈은 고개를 저었다. 김초롱 아나운서가 상처를 받았다면 고작 그 정도로는 풀릴 것 같지 않았다.

"제가 대신 사과할게요. 미리 연락하지 않은 제 실수니까 너무 자책하지 마세요. 나중에 얼굴 보게 되면 그때 사과해도 될 거 같아요."

한정훈이 멋쩍게 웃으며 김상엽 팀장을 달랬다. 따지고 보면 자신을 위해 과한 대응을 한 것인 만큼 잘못이라고 질책하기도 어려웠다.

그러나 김상엽 팀장도 쉽게 물러서지 않았다.

"그래도 제가 저지른 일이니까 제가 직접 사과하는 편이 나을 것 같은데요."

"거참, 제가 알아서 잘 해결한다니까요."

"후우…… 솔직히 말씀드리면 그게 더 걱정입니다."

"하아, 자꾸 날 애 취급하는데 나중에 두고 봐요. 내가 아주 깜짝 놀라게 해줄 테니까."

한정훈이 즉석에서 핸드폰을 빼 들었다. 그리고 예전에 추가해 두었던 김초롱 아나운서의 번호로 장문의 문자 메시지를 발송했다.

안녕하세요 한정훈입니다. 연락처를 받아놓고 이제야 연락을 드렸습니다. 미안합니다. 그리고 오늘 제 팀장님이 김초롱 아나운서에게 실례를 범했다고 해서요. 검사검사 사과드립니다. 회사가 좀 깐깐해서요 이해해 주시면 감사하겠습니다.

잠깐 버퍼링이 걸렸던 문자 메시지가 전파를 타고 날아갔다.

그리고 잠시 후.

앗! 정말 한정훈 선수 맞으시죠? 연락 오길 엄청 기다렸는데 이제라도 연락 주셔서 정말 감사해요. 그리고 팀장님 일은 정말 괜찮아요. 저도 실수한 게 많은 걸요 ㅠㅠ

생각보다 긍정적인 답변이 날아왔다.

"봤죠?"

한정훈이 의기양양한 얼굴로 핸드폰을 김상엽 팀장의 얼굴로 들이밀었다. 그러자 김상엽 팀장이 피식 웃음을 흘렸다.

"문자를 보니 만만치 않을 거 같은데 괜찮으시겠어요?"

김상엽 팀장은 김초롱 아나운서와 있었던 비하인드 스토리를 굳이 언급하지 않았다. 기다렸다는 듯이 날아온 문자 메시지만 봐도 한정훈이 감당할 여자는 아닌 것 같았다.

하지만 이번에는 한정훈이 김상엽 팀장의 말을 흘려들었다. 어느새 김초롱 아나운서와의 문자 대화에 빠져 버린 것이다.

순간 걱정스러운 눈으로 한정훈을 바라보던 김상엽 팀장이 피식 웃고 말았다. 화려한 외모만큼이나 한 성격 하던 김초롱 아나운서가 연애 경험이 전무한 한정훈을 오래 만나줄 것 같지 않았다.

'워낙에 자기관리는 잘하는 선수니까. 실연했다고 질질 짜거나 하진 않겠지.'

한정훈의 쉽지 않을 첫 연애를 응원하며 김상엽 팀장이 한 걸음 물러섰다. 덕분에 한정훈은 별다른 방해 없이 김초롱 아나운서와 저녁 식사 약속을 잡을 수 있었다.

그럼 그때 만나요.

네 올스타전 잘 치르시고요 꼭 MVP 받으세요!

하하 노력은 해볼게요.

그냥 응원한 거예요. MVP 못 받아도 상관없으니까 무리하지 마
세요. ㅠㅠ

"재미있는 아가씨네."

문자 대화를 마친 한정훈이 피식 웃었다. 잠깐 메시지를
주고받았을 뿐인데 느낌이 나쁘지 않았다. 문자 메시지가 가
식이 아니라면 밝고 건강한 사람일 것 같았다.

"참, 아나운서니까 인터넷에 사진이 있겠지?"

한정훈은 그 자리에서 네이버에 들어가 김초롱 아나운서
를 검색했다. 이제 막 입사해서인지 인물 검색에는 별다른
정보가 나오지 않았지만, 다행히 행사 때 찍은 것으로 보이
는 사진들을 확인할 수 있었다.

"생각보다 예쁜데?"

사진 속 김초롱 아나운서는 상당한 미인이었다. 큰 키에
늘씬한 몸매, 거기에 영화배우 같은 마스크까지 아나운서라
는 게 믿기지 않을 정도였다.

"첫인상이 어땠어요?"

한정훈이 고개를 돌려 김상엽 팀장을 바라봤다. 그러자 잠
시 고심하던 김상엽 팀장이 에둘러 대답했다.

"장미 같은 느낌이었습니다."

"오호, 장미?"

"네, 장미요."

김상엽 팀장은 한정훈이 장미의 아름다움에 취해 가시에 찔리지 않기를 바랐다. 그러나 한정훈은 장미라는 꽃의 상징성에 더 큰 의미를 두었다.

'그러니까 이게 사진발은 아니란 말이지?'

한정훈의 입가를 타고 절로 미소가 번졌다.

그때였다.

지이잉. 지이잉.

손에 쥔 핸드폰이 흔들리더니 김초롱 아나운서를 대신해 정아의 사진이 떠올랐다.

"어, 무슨 일이야."

한정훈이 아무렇지도 않은 목소리로 전화를 받았다. 그 모습이 꼭 야한 동영상을 보고 있는데 노크 소리가 들려 당황해하는 고등학생을 보는 것 같았지만 김상엽 팀장은 새어 나오는 웃음을 애써 되삼켰다.

-무슨 일은 무슨 일이야! 오빠만 계속 기다리고 있는데 언제 올 거야!

다행히 정아는 한정훈의 목소리가 평소와 다르다는 사실을 인지하지 못했다. 그저 한정훈 때문에 온 가족이 쫄쫄 굶고 있다며 한가득 투정만 부렸다.

"미안, 미안. 네 선물 좀 사느라 늦었어."

한정훈이 그럴듯한 핑계를 대며 정아를 달랬다. 선물이라는 소식에 정아도 헤헤 웃고는 빨리 오라는 말을 남기며 전화를 끊었다.

"팀장님, 선물 좀 사야 할 거 같은데요."

통화를 마친 한정훈이 김상엽 팀장을 바라봤다. 시간이 여유롭다면 직접 선물을 사 가지고 갔겠지만, 지금은 곧바로 집으로 출발하기에도 빠듯해 보였다.

그러자 김상엽 팀장이 가볍게 웃더니 직원에게 전화를 걸었다.

"어, 난데. 올 때 한 선수 가족들 선물 좀 사가지고 와요. 그래요. 그게 좋겠네. 그리고 선물은 차에 놓고 가고. 들어갈 때 찾아갈 테니까."

김상엽 팀장이 한정훈을 향해 오케이 사인을 보냈다.

"역시. 내가 이래서 팀장님을 좋아한다니까요."

한정훈의 입가에도 안도의 웃음이 번졌다.

92장
올스타(3)

"우아! 이거 새로 나온 아이폰 10이잖아!"

"어머, 색 예쁜 것 좀 봐. 여보, 당신 것도 있어요."

"크흠, 핸드폰이 다 거기서 거기지 뭐."

"그럼 내가 아빠 거 핸드폰까지 써도 되는 거죠?"

"얘는. 아빠가 안 쓰시면 당연히 엄마가 써야지 왜 네가 써?"

직원이 사다 준 선물은 반응이 좋았다. 테이블 위로 최고급 아이폰 시리즈와 아이패드 시리즈를 하나씩 내놓자 오랜 기다림에 지쳐 있던 가족들이 언제 그랬냐는 것처럼 미소를 되찾았다.

다만 직원이 취향껏 고르라고 색깔을 전부 다르게 사온 탓에 교통정리를 하는 데 시간이 필요했다.

"이것도 예쁘고 이것도 예쁜데 뭘 골라야 하지?"

"정아 너는 연말에 들어가서 오빠가 다른 거 하나 더 사줄 테니까 욕심부리지 좀 마."

"정말? 정말이지?"

"그래, 그리고 네 건 로맨틱 핑크야. 블러디 핑크는 어머니 거라고."

"응? 그럼 이 골드 컬러가 아빠 거니?"

"네, 원래 남자 하면 골드죠."

"크흠, 그렇지. 남자 하면 골드지. 이리 줘요. 난 또 핑크색 핸드폰 들고 다니라고 할까 봐 식겁했네."

"호호, 당신도 참. 나는 다 마음에 들어서 뭘 가지고 다녀도 상관없어요."

배려심 많은 어머니의 양보 속에 핸드폰은 어렵사리 제 주인을 찾았다. 뒤이어 아이패드 컬러 전쟁이 벌어졌지만, 이번에도 한정훈이 나서서 주인을 딱딱 정해주었다.

"자, 이제 밥 먹을 수 있는 거죠?"

"어머, 내 정신 좀 봐. 딱 10분만 기다려. 국만 데우면 되니까."

딱 10분이라던 준비 시간은 무려 30분 가까이 이어졌다. 하지만 오랜 기다림 끝에 식탁에 앉은 한정훈과 가족들, 그리고 매니지먼트 직원들은 누구도 불만스러워하지 않았다.

12인용 테이블을 가득 채우고도 남은 어마어마한 음식들 앞에 다들 입이 떡 벌어진 것이다.

"잘 먹겠습니다."

아버지가 수저를 드시는 걸 확인한 뒤 한정훈은 냉큼 코앞에 있는 갈비부터 집어 들었다. 그걸 신호로 가족들과 직원들도 부지런히 젓가락을 놀려댔다.

"상엽 씨, 어때요? 입에 좀 맞아요?"

"어머니, 정말 맛있습니다. 진짜 최곱니다."

"입에 맞는다니 다행이네요. 다른 분들도 많이 드시고 우리 정훈이 앞으로도 잘 좀 부탁해요."

어머니가 직원들과 일일이 눈을 맞추며 음식을 건넸다. 그러자 직원들도 어머니의 기분을 맞추기 위해 입바른 소리를 늘어놓았다.

"걱정하지 마세요, 어머니. 한정훈 선수야 구단에서도 알아주는 모범적인 선수인걸요."

"네, 맞아요. 그 흔한 스캔들 하나 없다고 엄청 좋아해요."

직원들은 한정훈의 건전하다 못해 깨끗하기까지 한 사생활을 높이 평가했다. 다른 직원들의 이야기를 듣고 있자면 선수들 뒤치다꺼리 때문에 죽을 맛이라는데 한정훈은 적어도 여자 문제에 있어서는 걱정할 게 하나도 없다는 것이었다.

하지만 어머니는 마냥 웃을 수가 없었다.

"우리 정훈이가 야구밖에 몰라서 큰일이에요."

어머니가 나직이 한숨을 내쉬며 한정훈을 바라봤다. 그 소리를 듣지 못했는지 한정훈은 양손에 소갈비를 들고 뜯느라 정신이 없었다.

"조만간 좋은 여성분을 만날 테니 너무 걱정하지 마세요."

김상엽 팀장이 적당히 말을 맞췄다. 그렇다고 한정훈이 모 스포츠 아나운서에게 반쯤 홀려 있다고 말할 수는 없는 노릇이었다.

그렇게 폭풍 같은 식사가 끝나고 직원들도 집으로 돌아갔다. 그리고 모처럼 네 가족이 거실에 모여 앉았다.

"올스타전 선발은 네가 처음이라고 뉴스에서 떠들던데 그게 그렇게 대단한 일인 거냐?"

어머니가 건네준 과일을 받아 들며 아버지가 물었다. 법조인으로서 법에 대한 건 물론이고 스포츠에 대한 지식이 해박한데도 일부러 모르는 척 구는 게 아들 자랑이 듣고 싶은 모양이었다.

그러자 한정훈을 대신해 정아가 냉큼 입을 열었다.

"아빠는? 그냥 올스타전에 선발된 게 아니라 선발투수라고요, 선발투수. 가장 먼저 등판하는."

"그래, 나도 네 오빠가 양키즈 선발투수인 거 알고 있다."

"아오, 진짜 답답해. 그러니까 아메리칸리그팀이 14개잖아요."

"15개지."

"어쨌든! 그 15개 팀이 선발이 5명씩 있으니까 최소 75명이고, 그 75명 중에서 오빠가 제일 잘하니까 대표로 가장 먼저 공을 던지는 거라고요."

"그래? 그런 거냐?"

아버지가 슬그머니 한정훈을 바라봤다. 애써 무심한 척 굴었지만 잔잔한 눈빛 속에는 아들에 대한 뿌듯함이 가득 담겨 있었다.

"네, 그러니까 경기 때 꼭 와서 보세요. 티켓은 받아놨으니까요."

한정훈도 무덤덤하게 고개를 끄덕였다. 순간 뭉클한 감정이 치솟았지만 그걸 아버지에게 들키고 싶진 않았다.

"진짜 둘 다 못 말린다니까."

그 모습을 지켜보던 어머니가 한숨을 내쉬었다. 그냥 대놓고 축하하고 고마워하면 좋을 텐데 매번 저러고들 있으니 이제는 우습지도 않았다.

하지만 정아는 이렇게라도 대화를 주고받는 아빠와 오빠의 모습이 그저 보기 좋기만 했다.

"그냥 그러려니 하고 사세요. 우리 집 남자들이 저러는 게 하루 이틀도 아닌데 뭘."

마지막 남은 과일을 향해 정아가 냉큼 포크를 들이밀었다. 하지만 그보다 한정훈의 포크질이 더 빨랐다.

"어딜!"

"아, 진짜! 치사하게 그걸 먹고 싶냐?"

"넌 적당히 좀 먹어. 이참에 살 좀 빼고."

"나 다이어트 안 해도 되거든? 완전 날씬하거든?"

"시끄럽고 레드삭스전에서 정말 시구하고 싶으면 살 빼라. 나중에 울고불고 하지 말고."

한정훈이 과일을 오물거리며 말했다. 그러자 성난 암고양이 같은 표정을 짓고 있던 정아의 눈이 똥그랗게 변했다.

"정말? 정말이야? 나 진짜 시구하는 거야?"

"그래, 넌 시구고 모모코는 시타. 참, 모모코 지난번에 봤는데 엄청 날씬해졌더라. 너보다 더 날씬해 보이던데?"

"아아! 그럼 진즉 말해줬어야지! 오늘 너무 많이 먹었잖아!"

모모코가 날씬해졌다는 말 한마디에 정아가 다급히 위층으로 올라갔다. 그리고 잠시 후.

동동동동.

누군가 러닝머신을 뛰는 소리가 들리기 시작했다.

"그런데 갑작스럽게 시구라니? 아들이 부탁한 거야?"

어머니가 반쯤 깎던 과일을 내려놓으며 물었다. 한정훈이 한국 프로 무대에 데뷔했을 때부터 정아가 시구를 해보고 싶다고 노래를 부르긴 했지만 설마하니 양키즈 스타디움에서 그 꿈을 이루게 되리라고는 생각지도 못했다.

그러자 한정훈이 대수롭지 않게 대답했다.

"쇼타도 이번에 올스타전에 나가거든요. 그래서 모모코하고 정아랑 둘이 만나서 함께 올스타전 보자고 SNS를 주고받았는데 그걸 또 구단에서 본 모양이에요."

"그래서 겸사겸사 일이 진행된 거야?"

"네, 아마 레드삭스전 첫 경기가 될 거 같아요. 그날 선발이 쇼타거든요."

"그래? 그럼 그날도 야구장에 가야겠는걸?"

"그날은 저랑 같이 봐요. 구단에 말해놓을게요."

"그럼 엄마하고 사진 몇 장 찍자. 엄마 친구들한테 자랑하게."

"하하하."

어머니의 입에서 사진을 찍자는 말이 나오자 한정훈의 얼굴이 당혹스럽게 번졌다. 지난번처럼 마음에 드는 사진이 나올 때까지 한참을 웃어야 할 걸 생각하니 벌써부터 안면 근육이 찌릿하게 저리는 기분이었다.

"그, 그러지 마시고 아버지하고도 사진 찍으세요. 두 분이

찍으신 사진 별로 없잖아요."

한정훈이 냉큼 아버지를 걸고넘어졌다. 아버지가 도와
준다면 고생이 반으로 줄 수도 있다고 여겼다.

하지만 어머니는 단호하게 고개를 저었다.

"네 아버지는 사진 찍는 거 싫어해."

"예? 아닐 텐데요."

"아니긴. 내가 사진 찍자고만 하면 어찌나 무표정한 얼굴
로 카메라를 바라보는지…… 아마 결혼식 사진도 무뚝뚝하
게 나왔을걸?"

본인의 아름다운 모습을 간직하는 게 취미인 어머니에게
매번 인상만 써대는 아버지는 사진 파괴자나 마찬가지였다.
그러나 한정훈은 그런 아버지가 처음으로 존경스러워졌다.
어쩌면 재혼 이후 아버지의 표정이 늘 굳어 있던 게 어머니
의 유일한 취미인 사진 찍기를 피하기 위해서일지도 모른다
는 생각이 든 것이다.

"아, 기왕 말 나온 김에 지금도 한 장 찍어볼까? 우리 아들
이 새 핸드폰을 사줬는데 어디 얼마나 잘 나오나 시험해 봐
야겠다."

한정훈이 잠시 생각에 잠긴 사이 어머니는 번개처럼 촬영
용 과일을 한 접시 깎아냈다. 그리고 한정훈의 옆에 붙어 앉
아 핸드폰을 요리조리 돌려댔다.

"아들, 웃어. 엄마가 언제 찍을지 모르니까."

"후우, 네."

"얼굴 좀 앞으로 빼고. 눈 깜빡거리면 안 되는 거 알지?"

"저 그럼 제 얼굴이 너무 크게 나오는데요."

"호호, 아들도 참. 아들 얼굴 큰 건 세상 사람들이 다 아는데 새삼스럽게 왜 그래?"

"……."

결국 한정훈은 어머니가 마음에 드는 사진이 나올 때까지 어머니의 미모를 받쳐 주는 좋은 배경이 되어야 했다. 그리고 그 사진이 새벽녘에 정아의 SNS를 통해 올라오면서 한정훈 대두라는 검색어가 또다시 포털사이트를 장식하기 시작했다.

그렇게 이틀간의 꿀 같은 휴일이 지났다. 그리고 올스타전의 아침이 밝았다.

"오늘은 누가 이길까?"

"글쎄. 솔직히 아메리카 리그가 조금 더 유리하지 않겠어?"

"왜? 한정훈 때문에?"

"로인 벤츄라 감독이 한정훈을 3이닝 던지게 한다잖아. 그 정도면 말 다한 거 아냐?"

"그래도 한정훈, 내셔널리그 팀들한테 약하잖아."

"그거야 내셔널리그 원정에 갔을 때 이야기지."

"그래도 몰라. 초반에 난타를 당하고 내려올지도."

AT 파크에 모인 기자들은 저마다 승패를 가늠하느라 정신이 없었다. 아메리칸리그와 내셔널리그, 각 리그를 대표하는 스타플레이어들 간의 친선 대결을 순수하게 즐기자는 이들은 극히 드물었다. 올스타전 결과에 월드 시리즈 홈 어드밴티지가 걸려 있다 보니 다들 자신들이 속한 리그가 이기길 바랐다.

공교롭게도 지난해까지 아메리칸리그 대 내셔널리그의 메이저리그 올스타전 전적은 45승 2무 45패로 동률을 이루고 있었다.

본래 내셔널리그가 여유롭게 앞서갔지만, 아메리칸리그가 연승으로 맹추격하며 팽팽한 결과를 만들어냈다. 심지어 지난 시즌 내셔널리그가 승리를 거두기 전까지는 잠시나마 아메리칸리그가 올스타전 우위를 차지하기도 했다.

"오늘 경기는 반드시 이길 겁니다."

올스타전 경기에 앞서 아메리칸리그를 이끄는 로인 벤츄라 화이트삭스 감독은 필승을 다짐했다.

지난 시즌 화이트삭스가 월드 시리즈 우승 문턱에서 주저앉은 가장 큰 이유로 홈 어드밴티지의 부재가 꼽힌 만큼 이번만큼은 반드시 승리해 다가오는 월드 시리즈를 대비하겠다는 계산이었다.

"따로 전략이 있습니까?"

기자 중 한 명이 손을 들어 물었다. 지략가로 명성이 자자한 로인 벤츄라 감독이 승리를 위한 맞춤 전략을 가지고 왔을지도 모른다고 여겼다.

하지만 로인 벤츄라 감독은 능구렁이처럼 말을 돌렸다.

"아메리칸리그를 대표하는 선수들이 모였습니다. 굳이 내가 지시하지 않더라도 다들 알아서 잘할 겁니다."

화이트삭스 전담 기자들의 눈에도 분명 뭔가를 준비한 것 같은 느낌이었지만 로인 벤츄라 감독은 끝내 입을 다물었다.

"오늘 경기의 키 플레이어를 꼽자면 누구입니까?"

마이크를 물려받은 다른 기자가 물었다. 화이트삭스 선수가 7명이나 선발된 만큼 어느 선수를 언급할지 궁금해진 것이다.

그러나 이번에도 로인 벤츄라 감독은 히죽 웃으며 말을 돌렸다.

"다들 알고 있잖아요? 나는 그가 오늘 경기를 통해 아메리칸리그뿐만 아니라 메이저리그 최고의 선수로 우뚝 서길 기대하고 있습니다."

대부분의 기자는 로인 벤츄라 감독이 한정훈을 믿고 있을 것이라고 내다봤다. 양키즈 선수인 만큼 직접적으로 언급하지 않았지만, 선발로 나서는 한정훈이 얼마나 좋은 활약을 펼쳐 주느냐에 따라 승패가 갈릴 가능성이 컸다.

하지만 일부 기자들은 로인 벤츄라 감독이 아끼는 카를로 산체스를 지목하기도 했다. 다른 팀 선수들은 탐내지 않는 로인 벤츄라 감독의 성격상 중심 타선에 포진할 것으로 보이는 카를로 산체스의 한 방에 기대할 가능성도 배제할 수 없다는 것이다.

반면 내셔널리그 올스타 팀을 이끄는 마이크 매시 카디널스 감독은 오직 한정훈만 신경 쓰인다며 한정훈 경계령을 선포했다.

"한정훈이 3회까지 별다른 타격 없이 마운드를 책임진다면 내셔널리그에게 쉽지 않은 올스타전이 될 겁니다."

마이크 매시 감독은 전략을 단순화했다. 3회 이전에 한정훈을 강판시키는 게 최선이며 한정훈에게 어떻게든 점수를 뽑아내 괴롭히는 게 차선이라고 말했다.

그러면서 내셔널리그 선발투수로 결정된 말린스의 호세 에르난데스에 대해 무한한 신뢰를 보냈다.

"한정훈과 호세 에르난데스는 비슷한 스타일의 투수입

니다. 하지만 메이저리그 경력은 전혀 다르죠. 나는 메이저리그 최고 투수 중 한 명이 된 호세 에르난데스가 자신의 실력을 증명해 줄 것이라 믿습니다."

마이크 매시 감독의 극찬을 받을 만큼 선발로 낙점된 호세 에르난데스는 올 시즌 최고의 활약을 펼치고 있었다.

18경기에 선발 등판해 13승 2패.
평균 자책점 1.65 탈삼진 189개.

한정훈에 비해 다소 부족한 성적이긴 했지만 벌써부터 내셔널리그 사이영상 1순위로 꼽힐 정도였다.

주 무기는 최고 구속 100mile/h을 넘나드는 포심 패스트볼과 각이 큰 커브, 그리고 수준급 체인지업을 섞어 던진다. 아울러 종종 97mile/h(≒156.1㎞/h)대의 싱킹 패스트볼까지 구사한다.

투구 패턴은 패스트볼이 60%, 커브가 30%, 체인지업이 10%, 올 시즌 탈삼진/볼넷이 6.3에 이를 정도로 제구도 안정되어 있었다.

무엇보다 커맨드가 좋았다. 다양한 구종을 자신이 원하는 대로 언제든지 던질 수 있는, 메이저리그에서도 몇 안 되는 투수 중 한 명이었다.

"저 녀석, 공 던지는 게 꼭 한정훈 주니어라니까."

마운드 위에서 몸을 푸는 호세 에르난데스를 바라보며 에인젤스의 간판타자 마이크 트라우스가 한마디 했다. 그러자 옆에 서 있던 오리올스의 강타자 애니 마차도가 코웃음을 쳤다.

"무슨 소리야. 호세 에르난데스가 한정훈보다 선배인데."

"그럼 한정훈이 호세 에르난데스 주니어다 이 말이야?"

"물론 공만 놓고 보자면 한정훈이 더 낫지만 따지고 보면 그렇다는 말이지."

호세 에르난데스의 연습 투구가 다저스 스타디움을 쩌렁하게 울리고 있었지만 아메리칸 리그 올스타 타자 중 누구도 특별히 경계심을 보이지 않았다.

더그아웃에 모습을 드러낸 로인 벤츄라 감독도 마찬가지였다. 호세 에르난데스 쪽을 쓱 바라보고는 이내 대수롭지 않은 얼굴로 선발 타자들을 불러 모았다.

"다들 실력은 말할 필요도 없는 선수들이니까 알아서들 잘하겠지만 한 가지 조언하자면 마운드에 한정훈이 있다고 생각해. 그리고 한정훈을 공략하듯이 타이밍을 잡아. 그럼 방망이 중심에 공이 맞아 나가는 기적을 보게 될 거야."

로인 벤츄라 감독의 장난기 어린 말에 선수들이 하나같이 웃음을 터뜨렸다. 하지만 그들 중 누구도 로인 벤츄라 감독의 조언을 허투루 여기긴 않았다. 한정훈과 투구 스타일이 닮아 있는 호세 에르난데스를 초반에 두들기는 데 한정훈을 연상시키는 것처럼 확실한 방법은 없었다.

그리고 그 효과는 1회 초부터 드러났다.

따악!

선두 타자로 나선 레드삭스의 샌더 보가츠는 초구부터 방망이를 휘둘렀다. 호세 에르난데스의 포심 패스트볼이 바깥쪽 꽉 차게 들어왔지만 간결하면서도 빠른 스윙으로 정확하게 1, 2루 간을 꿰뚫었다.

"괜찮아. 공이 몰렸어."

호세 에르난데스는 포수에게 자신의 실수라며 수신호를 보냈다. 특별히 실투라고 보기 어려운 공이었지만 상대가 샌더 보가츠라면 조금 더 까다롭게 공을 던져야 했다는 후회가 들었다.

"후우……."

길게 숨을 내쉬며 호세 에르난데스는 2번 타자 브렛 로리와 까다롭게 승부했다. 적극적인 브렛 로리의 성격을 역으로 이용해 칠 만한 공을 던져 주며 볼카운트를 유리하게 끌고 갔다. 덕분에 결정구인 커브로 삼진을 솎아낼 수 있었다.

"그렇지!"

"바로 그거야! 그렇게만 던지라고!"

잠시 침묵했던 관중들이 기다렸다는 듯이 함성을 쏟아냈다. 하지만 그 함성은 그리 오래가지 않았다.

따악!

뒤이어 타석에 들어선 마이크 트라우스가 힘껏 방망이를 휘돌리자 관중들의 함성이 탄식으로 뒤바뀌었다.

−큽니다. 계속해서 날아갑니다.

−홈런이네요. 1회부터 아메리칸리그가 승기를 잡아갑니다.

중계진은 경기 초반에 중요한 홈런이 나왔다며 마이크 트라우스의 적극적인 타격을 칭찬했다. 아울러 호세 에르난데스가 지나치게 긴장한 것 같다고 에둘러 두둔했다.

−아직 내셔널리그의 공격은 시작도 하지 않았습니다.

−호세 에르난데스, 잊어버리고 투구에 집중해야 합니다. 내셔널리그를 대표하는 선발투수의 자격을 보여줄 필요가 있습니다.

중계진은 호세 에르난데스가 정신을 차리면 지금처럼 쉽게 점수를 내기는 어려울 것이라고 전망했다. 그러나 중계진의 예상은 완전히 빗나가 버렸다. 3번 타자 마이크 트라우스의 투런 홈런을 시작으로 장단 5안타가 이어지면서 전광판의 스코어가 6까지 늘어나 버린 것이다.

　-마이크 매시 감독, 결국 마운드에 오릅니다.
　-보통 선발투수는 2이닝 이상 던지게 놔두는 게 일반적이긴 하지만 더 이상 점수를 내주면 따라잡기가 쉽지 않으니까요. 마이크 매시 감독도 어렵게 결단을 내린 것처럼 보입니다.
　-여러모로 아쉽네요. 호세 에르난데스, 리그에서는 볼 수 없었던 실망스러운 피칭을 하필 올스타전에서 보여주고 말았습니다.

　믿었던 호세 에르난데스가 1회 초부터 난타를 당하자 마이크 매시 감독은 고심 끝에 투수를 바꿨다. 그리고 두 번째 투수로 다저스의 자랑, 클레이튼 커셔가 마운드에 오르면서 길고 길었던 1회 초 아메리칸리그의 공격이 끝이 났다.

　-오늘 아메리칸리그 타자들의 방망이가 무섭습니다.
　-아마 내셔널리그 타자들도 만만치 않을 겁니다. 올스타전이니까요.

-확실히 올스타전에는 없던 힘도 나오게 하는 마법이 걸려 있으니까요.

-무엇보다 내셔널리그 팀들을 응원하는 팬들을 위해서라도 한정훈에게 최대한 빨리 선취점을 뽑아내는 게 필요합니다.

중계진은 올스타전의 재미를 위해서라도 내셔널리그 타자들이 분전할 필요가 있다고 지적했다. 마이크 매시 감독도 공격에 앞서 선수들에게 적극적인 타격을 주문했다.

"겁먹지 마. 자신감 있게 때려. 한정훈도 첫 올스타전인 만큼 긴장했을 거야. 평소보다 실투가 자주 들어올 테니까 그걸 놓치지 말라고. 알았어?"

현실적인 마이크 매시 감독의 조언에 내셔널리그 타자들도 고개를 끄덕거렸다. 한정훈이 아메리칸리그 최고의 투수로 꼽히긴 하지만 그래 봐야 올 시즌에 데뷔한 루키였다. 월드 시리즈 못지않은 올스타전의 압박감을 쉽게 이겨내지는 못할 거라 여겼다.

게다가 한정훈은 고작 이틀을 쉬고 마운드에 오른 상황이었다. 구속이나 구위가 완전히 회복되지는 못했을 테니 실투만 노리라는 주문이 충분히 그럴듯하게 느껴졌다.

실제 마운드에 올라 연습 투구에 들어간 한정훈의 공은 인디언스전만 못했다. 전광판에 찍힌 구속은 97mile/h(≒156.1㎞/h) 정도. 평소 한정훈의 구속보다 6mile/h 가까이 떨어져 있었다.

그러나 포수 마스크를 쓴 로열스의 알바로즈 페레즈는 연신 혀를 내둘렀다. 줄어든 구속과는 별개로 미트를 파고드는 공에는 힘이 넘쳐흘렀기 때문이다.

"사흘 만에 던지는 공이 이 정도라니. 진짜 괴물 같은 놈이네."

알바로즈 페레즈의 혼잣말을 들은 내셔널리그의 선두 타자 필 존스가 속으로 코웃음을 쳤다. 한정훈의 구속이 떨어진 게 눈으로도 보이는데 알바로즈 페레즈의 뻔한 거짓말이 귀에 들어올 리 없었다.

'호세 에르난데스가 강판 됐다고 너무 좋아하지 마. 너도 곧 그렇게 될 테니까.'

필 존스가 방망이를 단단히 움켜쥐었다.

그 순간.

후아앗!

한정훈이 힘껏 초구를 내던졌다.

'바깥쪽 포심 패스트볼!'

구종과 코스를 파악한 필 존스가 기다렸다는 듯이 방망이를 휘둘렀다. 하지만 마지막 순간에 뻗어 오른 공은 필 존스의 방망이 윗부분을 스치고 그대로 포수 미트 속으로 빨려 들어갔다.

"뭐야?"

필 존스가 당황한 얼굴로 고개를 돌렸다. 그러자 알바로즈 페레즈가 피식 웃으며 말했다.

"뭐긴 뭐야. 스트라이크지."

"젠장할!"

필 존스의 입에서 절로 욕지거리가 터져 나왔다. 분명 스위트 스폿에 걸릴 거라 여기고 방망이를 휘둘렀는데 정작 공은 생각보다 훨씬 빠르게 홈 플레이트를 파고들었다.

'설마 날 속이려고 연습 투구를 대충 했던 거야?'

필 존스가 다시 전광판을 바라봤다. 아니나 다를까.

102mile/h(≒164.1㎞/h).

전광판에는 한정훈의 평균 구속(102.8mile/h)에 근접한 구속이 선명하게 찍혀 있었다.

'빌어먹을!'

폴 존스는 입술을 질근 깨물었다. 설마하니 이런 식으로 자신을 농락할 줄은 생각하지 못한 것이다.

포수 마스크에 가려지긴 했지만 알바로즈 페레즈의 얼굴

에도 놀람이 묻어 있었다.

'아까와는 전혀 다른 공이야. 정말 대단한 녀석이라니까.'

알바로즈 페레즈가 기합을 넣듯 주먹으로 미트 포켓을 팡팡 두드렸다. 그때마다 손바닥이 제법 욱신거렸다. 연습 투구 때보다 훨씬 빨라진 공을 미처 웹으로 받아내지 못한 것이다.

하지만 알바로즈 페레즈는 한정훈의 공에 주눅 들지 않았다. 오히려 보란 듯이 2구째도 포심 패스트볼을 요구했다.

코스는 몸 쪽 낮은 코스.

단단히 열이 받아 있는 필 존스를 더욱 부글거리게 만들어 주고 싶었다.

"초구가 마음에 들었나 보네."

마운드에 선 한정훈이 씩 웃었다. 유인구 승부를 즐기는 알바로즈 페레즈가 공을 빼자고 굴면 어쩌나 걱정했는데 다행히 신경 써서 던진 초구가 먹힌 모양이었다.

제아무리 한정훈이라 해도 이틀 만의 등판은 부담스러울 수밖에 없었다. 그동안 어깨 관리를 잘 받아왔기 때문에 구속이 얼추 나오긴 했지만 그렇다고 여유롭게 투구할 수 있는 상황은 결코 아니었다.

경기 전 양키즈 구단은 한정훈에게 30구 이상은 던지지 말라고 권했다. 레드삭스와의 홈 3연전 마지막 경기로 등판 일정이 잡힌 만큼 올스타전에서 에이스를 무리시키고 싶지 않은 것이다.

반면 로인 벤츄라 감독은 어제 열린 홈런 레이스 때부터 한정훈에게 3이닝을 맡기고 싶다는 뜻을 분명히 밝혔다. 아메리칸리그 최고의 투수인 한정훈이라면 3이닝은 거뜬히 막아줄 것이라며 한정훈의 자존심을 건드리기까지 했다.

한정훈도 가급적이면 3이닝을 책임지고 싶었다. 그러나 양키즈 구단의 권고까지 무시하며 공을 던지고 싶진 않았다.

양 측의 기대치를 맞추려면 1이닝당 10구 이내로 경기를 끝마쳐야 했다. 그래서 한정훈은 경기 전에 알바로즈 페레즈에게 공격적인 리드를 부탁했다. 그리고 한정훈의 공을 받아보고 판단하겠다던 알바로즈 페레즈는 2구째 사인을 통해 답을 주었다.

"후우……."

길게 숨을 고르며 한정훈이 왼 다리를 힘껏 들어 올렸다. 그와 동시에 필 존스가 타격 자세에 들어갔다.

하지만 총알처럼 날아든 공은 순식간에 홈 플레이트를 지나 포수의 미트 속으로 빨려 들어갔다. 필 존스가 반사적으로 허리를 움직여 봤지만, 미처 타이밍을 맞추진 못했다.

"스트라이크!"

구심이 가볍게 주먹을 들어 올렸다. 필 존스가 잠시 고개를 돌려 불만스러운 표정을 지어 보였지만 구심은 눈 하나 까딱하지 않았다. 홈 플레이트 가장자리를 정확하게 긁고 들어 온 공을 두고 고민하는 것 자체가 무의미한 일이었다.

"젠장할."

전광판에 찍힌 103mile/h의 구속을 바라보며 필 존스가 고개를 절레절레 흔들어 댔다. 잠시나마 한정훈을 우습게 봤던 게 그저 후회스럽기만 했다. 한편으로는 그토록 기다려 왔던 복수의 기회를 이대로 날려 버릴까 봐 애가 탔다.

지난 양키즈전에서 한정훈에게 꽁꽁 틀어 막힌 이후 언론의 반응은 냉담하게 변해 있었다. 앞선 홈경기에서 한정훈을 무너뜨리는 데 선봉에 섰다며 극찬을 아끼지 않던 콜로라도 현지 언론도 필 존스의 부진이 패배를 자초했다며 비난을 쏟아낼 정도였다.

로키스 팬들도 필 존스가 신중하지 못한 타격에 대해 불만을 터뜨렸다. 팀의 리드오프라면 최소한 출루를 위해 노력해야 하는데 타석 내내 한정훈과 감정싸움만 하고 있었다며 실망감을 드러내는 팬들도 적지 않았다.

하늘 높은 줄 모르고 치솟던 인기가 한정훈과의 맞대결 이후로 주춤하자 필 존스도 속이 쓰렸다. 그래서 어떻게든 자신의 실수를 만회할 기회가 오길 바랐다.

하지만 애석하게도 올 시즌 양키즈와 로키스의 맞대결은

모두 끝이 난 상태였다. 게다가 인터 리그 일정상 다음번 맞대결은 2년을 더 기다려야 했다. 그것도 한정훈이 양키즈에 머물면서 로키스와의 인터 리그 경기 때 선발 등판한다는 전제 조건이 따랐다.

그래서 필 존스는 올스타전 선발 출장을 간절히 바랐다. 양키즈와 로키스가 월드 시리즈에서 만나는 것보다 올스타전 팬 투표 1위를 차지해 한정훈에게 복수할 기회를 얻는 편이 빠르다고 판단했다.

그리고 다행히도 필 존스는 경쟁자들을 따돌리고 포지션 부분 팬 투표 1위에 올랐다. 올스타전 특성상 단 한 타석뿐이겠지만 한정훈에게 복수할 기회를 손에 얻었다.

주변에서는 한정훈을 두 번이나 상대한 필 존스라면 분명 좋은 결과를 만들어줄 것이라고 기대했다. 필 존스도 이틀밖에 쉬지 못한 한정훈을 상대로 안타, 그 이상을 뽑아낼 자신이 있었다.

그러나 정작 볼카운트는 투 스트라이크 노 볼로 몰린 상황이었다. 그 사실이 필 존스를 답답하게 만들었다.

─필 존스, 완전히 몰렸어요.

─내셔널리그 타격 부분 3위에 오른 정교한 타자인데요. 한정훈의 공은 망설임이 없습니다.

─양키즈에 있을 때보다 더 잘 던지는 듯한 느낌인데요. 알바로즈 페레즈와 호흡이 잘 맞는 걸까요?

─글쎄요. 알바로즈 페레즈가 확실히 좋은 포수이긴 합니다만 위력적인 공을 던지는 한정훈과 호흡을 맞추기란 쉽지 않을 것 같습니다.

─제 생각도 같아요. 초구는 물론이고 2구까지 알바로즈 페레즈가 제대로 공을 받아내지 못하고 있는 걸 봐서는 한정훈의 공이 익숙해지기까지 시간이 필요해 보입니다.

─그런데도 필 존스를 몰아붙였네요. 그렇다는 건 한정훈이 대결을 주도하고 있다고 봐야 할까요?

─아무래도 그렇겠죠.

─아메리칸리그 타자들이 여섯 점을 뽑아줬으니 조금은 방심할 만도 한데…… 정말 대단한 투수입니다.

중계진도 한정훈의 피칭에 혀를 내둘렀다. 호세 에르난데스는 물론이고 클레이튼 커셔까지 상대하기 가장 까다로운 타자로 필 존스를 꼽았지만, 한정훈은 전혀 개의치 않는 느낌이었다.

"후우. 침착하자, 침착해."

필 존스는 장갑을 고쳐 끼며 흥분을 가라앉혔다. 그리고 뒤죽박죽인 생각들을 정리해 나갔다.

평소 한정훈이라면 빼는 공 없이 바로 승부를 걸어올 가능성이 컸다. 하지만 올스타전이고 포수 마스크를 쓰고 있는 알바로즈 페레즈가 유인구 승부를 즐기는 만큼 공 하나 정도는 뺄 것 같다는 생각이 들었다.

'알바로즈 페레즈는 양보가 없는 성격이니까. 분명 자신의 스타일대로 리드하려 들겠지.'

만약 유인구가 들어온다면 한정훈이 던질 만한 공은 크게 두 가지였다. 스트라이크존으로 들어오다 빠져나가는 체인지업이거나 강타자들을 상대로 자주 던지는 하이 패스트볼.

'스플리터는 아니야. 무브먼트가 심해서 알바로즈 페레즈도 쉽게 포구하지 못할 거야.'

어느 정도 노림수가 정리되고서야 필 존스는 천천히 타석에 들어섰다. 그러자 한정훈도 지체없이 공을 내던졌다.

후아앗!

한정훈의 손끝을 빠져나온 공이 곧장 몸 쪽으로 날아들었다. 그러자 필 존스가 그럴 줄 알았다며 뒤쪽으로 몸을 젖혔다.

'하이 패스트볼로 유인할 생각인가 본데 어림없지.'

필 존스는 한정훈이 몸 쪽 높은 코스의 포심 패스트볼을 던진 것이라고 확신했다. 그래서 반사적으로 방망이가 딸려

나가지 않도록 일찌감치 타격을 포기해 버렸다.

하지만 정작 공은 마지막 순간에 뚝 떨어지더니 몸 쪽 꽉 찬 스트라이크로 변해 버렸다.

'스, 스플리터?'

필 존스가 입을 쩍 하고 벌렸다. 설마하니 여기서 높은 코스의 스플리터가 들어오리라고는 생각지도 못한 것이다.

그러나 구심은 이미 시원시원한 리액션으로 필 존스의 삼진을 선언한 뒤였다.

"젠장, 뭐야!"

"필 존스! 저 멍청이를 누가 뽑은 거야!"

필 존스가 공 한번 때려보지 못하고 3구 삼진으로 물러나자 내셔널리그 팬들은 분통을 터뜨렸다.

아메리칸리그 쪽으로 넘어가 버린 분위기를 끌어오기 위해서라도 선두 타자의 출루가 중요했는데 이렇게 허무하게 죽어버리니 김이 빠진 표정들이었다.

"필 존스는 지난 경기 이후로 한정훈에게 꼼짝 못 한다고."

"필 존스 따위는 잊어버려. 알레미스 디아즈가 뭔가 해줄 테니까."

필 존스에 이어 카디널스의 알레미스 디아즈가 타석에 들어서자 내셔널리그 팬들은 다시 한 번 희망을 품었다. 한정훈이 올 시즌 카디널스를 상대해 보지 못한 만큼 타격 능력이 좋은 알레미스 디아즈가 뭔가 해줄 것이라고 기대했다.

하지만 정작 알레미스 디아즈는 필 존스보다 더 형편없는 스윙으로 한정훈에게 두 번째 탈삼진을 헌납했다.

뒤이어 타석에 선 브레이브스 하퍼도 마찬가지. 한정훈과의 재회를 제대로 즐기겠다며 자신만만해하던 인터뷰가 무색할 만큼 구석구석을 찌르는 한정훈의 공만 좇다가 4구째 스탠딩 삼진으로 물러났다.

"그렇지! 한정훈!"

"잘했어! 바로 그거야!"

마운드에서 당당히 내려가는 한정훈을 향해 아메리칸리그 팬들이 있는 힘껏 소리를 내질렀다.

-와우! 한정훈, 생에 첫 올스타전 등판에서 세 타자를 내리 삼진으로 돌려세웁니다.

-과연 한정훈의 심장은 어떻게 생겼을까요? 기회가 된다면 한번 들여다보고 싶은 심정입니다.

중계진도 더는 참지 못하겠다며 한정훈에 대한 극찬을 쏟아냈다.

"다저스 스타디움에서 열리는 올스타전인데 이대로 끝낼 수는 없지."

한정훈의 피칭에 자극을 받은 클레이튼 커셔도 삼진 두 개 포함 세 타자를 깔끔하게 잡아내며 아메리칸리그 쪽으로 넘어가려던 분위기를 끊어냈다. 하지만 그뿐이었다. 한정훈이 내셔널리그 올스타 팀 4, 5, 6번 타자를 공 5개로 요리하면서 내셔널리그 대표 팀 더그아웃을 침묵 속에 빠뜨려 버렸다.

—한정훈, 이번 이닝에서는 전혀 다른 피칭을 선보였습니다.

—타자들이 포심 패스트볼을 노린다는 사실을 알고 체인지업 비중을 높인 게 주효했습니다.

—정말이지 영리한 투수입니다. 저런 투수를 보유하고 있는 양키즈가 부러울 정도입니다.

클레이튼 커셔가 3회 초 아메리칸리그 공격을 삼자범퇴로 돌려세우자 한정훈도 지지 않고 3회에도 마운드에 올라 삼진 2개와 땅볼 하나로 이닝을 끝마쳤다.

3이닝 무실점 탈삼진 5개. 투구 수 24구.

한정훈이 무결점 호투를 끝마치고 마운드에서 내려가자 중계진은 한정훈이 2013년 마리아 리베라 이후 오랜만에 투수로서 MVP의 영예를 차지할 것이라고 전망했다. 하지만 애석하게도 마이클 트라우스가 5회 초 만루 홈런을 때려내며 생에 3번째 올스타전 MVP를 차지해 버렸다.

"MVP를 탈 것이라고는 상상조차 못 했습니다. 당연히 한정훈이 탈 줄 알았거든요. 개인적으로 한정훈과 같은 팀이었다는 사실이 무척 기쁩니다. 한정훈이 잘 던져 주지 않았다면 오늘 경기는 이기기 힘들었을 겁니다."

경기 후 인터뷰에서 마이크 트라우스는 한정훈에게 승리의 영광을 돌렸다. 그러나 한정훈은 마이크 트라우스의 발언이 조금도 고맙지 않았다.

"만루 찬스에서 아주 이 악물고 방망이를 휘두르던데 뭘."

개인적으로 씁쓸한 올스타전을 마친 뒤 한정훈은 곧장 뉴욕으로 날아왔다. 그렇게 한정훈의 화려했던 전반기도 끝이 났다.

올스타전이 끝나고 주요 언론은 각 구단과 핵심 선수들에 대한 중간 평가를 시작했다.

47승 43패의 성적으로 아메리칸리그 동부 지구 2위에 오른 양키즈는 대부분의 언론사에서 B+라는 성적표를 받았다. 애초 기대치였던 C+등급에서 무려 한 등급이 상향된 준수한 성적표였다.

아메리칸리그 동부 지구에서는 지구 1위를 달리고 있는 레드삭스만이 A등급을 받았다. 이변이 없는 한 포스트시즌 진출은 확정적이라는 의미였다.

양키즈와 와일드카드 쟁탈전을 벌이고 있는 블루제이스와 오리올스는 나란히 B등급에 머물렀다. 마지막으로 양키즈를 대신해 지구 최하위로 처진 레이스에게는 C등급, 지구 최하점이 주어졌다.

"양키즈가 이 정도로 잘 해낼 줄은 솔직히 생각지도 못했습니다."

"한정훈과 하리모토 쇼타의 합류로 선발투수진이 단단해지면서 시즌 초 파워 랭킹이 높게 평가되긴 했지만, 실질적인 전력은 눈에 띄지 않았으니까요. 저뿐만 아니라 적잖은 전문가가 양키즈와 레이스와 최하위 다툼을 벌일 것이라고 예상했죠."

"솔직히 다들 비슷한 의견이었죠. 한정훈을 비싼 돈 들여 데려온 양키즈가 후회할 것이라고 농담 삼아 말하기도 했으니까요."

"표현을 정확하게 해야 해요. 한정훈과 관련된 말들은 정말 농담으로 한 말이니까요."

전문가들은 한목소리로 양키즈의 약진에 놀라워했다. 마운드가 두꺼워지면서 지난해보다 성적이 조금은 더 좋아질 거라 예상은 했지만, 지구 2위로 전반기를 마칠 줄은 몰랐다는 것이다.

"그런 점에서 한정훈을 칭찬해 주고 싶습니다."

"에이스로서 제 역할을 다했죠."

"전반기에만 벌써 15승을 챙겼습니다. 제 예상을 한참이

나 뛰어넘어 버렸어요."

"저 역시 잘해야 18승이고 20승을 거두면 다행이라고 전망했는데 부끄러울 지경입니다."

전문가들은 양키즈가 좋은 성적을 거두게 된 가장 큰 이유로 한정훈의 합류를 꼽았다. 주요 언론조차 한정훈에게 A+의 가장 높은 평점을 주며 올 시즌 최고의 투수라고 인정하는 분위기였다.

물론 양키즈가 포스팅 비용 포함 5년에 3억 8천만 달러라는 엄청난 거금을 들여 한정훈 쟁탈전의 승자가 되었을 때만 해도 기대보다는 우려의 목소리가 컸던 게 사실이었다.

한정훈이 수준급 활약을 펼쳐 줄 것이라는 점에 있어서는 그 누구도 부정하지 않았지만, 그 기준점이 어느 정도인지에 대해서는 의견이 분분했기 때문이다.

15승, 혹은 18승. 잘해야 20승.

어떤 전문가들은 한정훈이 한 시즌을 제대로 소화해 낼지도 모르겠다며 의견을 보류하기까지 했다.

하지만 결과적으로 양키즈는 한정훈에게 핀 스트라이프를 입힌 효과를 톡톡히 보고 있었다. 전반기 양키즈가 거둔 47승 중 한정훈이 무려 31.9%를 책임졌기 때문이다.

승리 기여도는 더 높았다. 19경기에 등판해 팀을 18번이나 이기게 만들었다. 전체 승리의 38.3%. 한정훈 혼자서 선발투수 두 명의 몫을 해준 것이나 다름없었다.

"그 당시에는 거의 모든 전문가가 한정훈의 성적에 대해 비슷한 예상을 했었죠. 한정훈이 이 정도로 메이저리그에 잘 적응해 줄 것이라고는 생각지도 못했으니까요."

"더욱 놀라운 건 한정훈이 한국에서 보여주었던 성적이 메이저리그에 와서도 크게 떨어지지 않았다는 점입니다."

"전반기 막판 한정훈이 호투를 이어가며 평균 자책점을 다시 0점대로 낮췄습니다. 거기다 탈삼진은 벌써 249개입니다. 후반기에 최소 12경기는 등판할 테고 경기당 10개씩만 삼진을 잡아내도 랜디 제이슨이 2001년에 기록했던 372개를 넘어서게 됩니다."

"랜디 제이슨만 위험한 게 아니죠. 놀란 아이언의 383개도 사정권 안에 들어왔다고 봐야 합니다."

전문가들은 한정훈의 탈삼진 능력에 혀를 내둘렀다. 탈삼진의 대명사로 불리는 놀란 아이언과 랜디 제이슨이 세운 어마어마한 탈삼진 기록을 데뷔 시즌부터 넘보고 있으니 놀라고 감탄하는 것 이외에는 딱히 할 말이 없을 정도였다.

"탈삼진 숫자도 대단하지만 저는 이닝 이터로서의 능력도 높게 평가합니다. 19경기에 등판해 155이닝을 소화했어요. 덕분에 양키즈 불펜진은 다섯 경기마다 한 경기꼴로 단체 휴가를 받고 있습니다."

"잠깐 딴소리이긴 하지만 한정훈이 있는데도 양키즈 불펜의 블론 세이브가 아메리칸리그 전체 5위라는 게 믿기지 않네요."

전문가들은 한정훈의 이닝 소화 능력도 제대로 된 평가를 받아야 한다고 말했다. 155이닝의 소화 이닝은 메이저리그 전체 1위의 기록이었다. 평균 투구 이닝(8.15) 역시 메이저리그 전체 1위. 2위 그룹과 제법 격차가 나고 있었다.

"확실히 한정훈은 현대 야구에서 보기 드문 투수입니다. 빠른 공과 강한 어깨, 부드러운 투구 폼, 완벽에 가까운 투구 밸런스, 빼어난 투구 지능과 위기관리 능력, 거기에 에이스로서의 책임감까지 말 그대로 완성형에 가까운 투수입니다."

"양키즈 팬들이 그토록 기다려 온 에이스라며 극찬을 쏟아낼 만합니다. 양키즈 스타디움에서의 성적은 역대 양키즈 모든 투수를 통틀어도 비교 대상이 없을 정도니까요."

"자꾸 홈 성적만 치켜세우는데 한정훈의 원정 경기 성적도 결코 나쁜 편은 아닙니다."

"나쁘다니요. 솔직히 말하자면 원정 경기 성적도 대단한 편이죠. 원정 경기 평균 자책점이 1.39밖에 되지 않습니다. 아메리칸리그 투수 중 원정 경기에서 가장 잘 던졌다고요."

"사실 그 결과는 전반기 막판 원정 2연승 덕분이기도 하죠. 그전까지는 그 정도로 좋지 않았으니까요."

"그렇게 따지면 한정훈의 내셔널리그 원정 경기 성적도 빼야죠. 두 경기 성적은 형편없었잖아요."

"그렇다고 내셔널리그 성적을 부정할 수는 없죠. 그렇게 되면 한정훈을 메이저리그 최고의 투수로 꼽기가 곤란해져요. 내셔널리그 투수들은 거의 대부분의 경기에서 타석에 들어서는 부담감을 안고 공을 던지니까요."

한정훈이 보완해야 할 점에 대해서는 전문가들마다 의견이 분분했다. 솔직히 지금까지의 성적이 워낙 좋다 보니 불확실성을 두고 가정을 늘어놓는 경우가 대부분이었다.

물론 몇몇 전문가는 내셔널리그 원정 경기 성적을 문제 삼기도 했다. 하지만 대다수 전문가는 그 의견에 크게 동조하지 않았다.

메이저리그에는 내셔널리그가 편한 투수가 있고 아메리칸리그가 편한 투수가 있다. 한정훈이 투수 본연의 피칭에 집중하는 걸 선호한다고 해서 그를 반쪽짜리 투수로 폄하할 수는 없다는 게 중론이었다.

"후반기 양키즈의 성적은 어떨까요?"

"한정훈이 얼마만큼 해주느냐에 따라 다르겠지만 와일드카드를 확보하고 포스트시즌에 진출할 가능성이 커 보입니다."

"제 생각도 같아요. 한정훈을 비롯해 하리모토 쇼타와 다나카 마스히로로 이어지는 선발진은 리그 최고 수준입니다. 이들이 전반기만큼만 활약해 줘도 포스트 시즌은 충분해 보입니다."

"가장 큰 변수는 한정훈보다 양키즈 불펜이겠죠. 한정훈이야 양키즈가 알아서 잘 관리하겠지만 불펜은 지금으로서는 답이 없으니까요."

"전반기보다 나은 성적을 기대한다면 양키즈가 불펜을 보강할 필요가 있어 보입니다."

"소문으로는 여러 팀과 트레이드를 논의 중이라고 하는데 과연 양키즈가 원하는 선수를 내줄 만한 구단이 있을지 의문입니다."

전문가들은 후반기 양키즈 성적을 좌우할 가장 큰 변수로 불펜진을 꼽았다. 메이저리그를 통틀어 8번째로 많은 블론 세이브를 기록한 불펜진에 특별한 변화가 없다면 양키즈가 생각만큼 쉽게 와일드카드를 확보하지는 못할 것이라는 의견이 우세했다.

뉴욕 언론도 최대한 빨리 불펜을 보강해야 한다며 양키즈 구단을 닦달했다. 몇몇 언론은 불펜 투수 영입이 어려울 경우 다나카 마스히로나 테너 제이슨을 불펜으로 돌리는 것도 고려해 볼 필요가 있다는 헛소리를 늘어놓기도 했다.

"젠장, 왜 날 가지고 난리야?"

힘겹게 선발 자리를 꿰찬 테너 제이슨은 불안함을 감추지 못했다. 양키즈 팜 출신 선수도 아니고 아직 팬들에게 인정받지도 못한 만큼 최악의 경우 불펜행을 통보받게 될지도 모른다고 여겼다.

하지만 한정훈은 테너 제이슨이 불펜으로 전향할 가능성은 없다고 봤다.

"걱정하지 마. 곧 누군가 데려올 테니까."

"누구? 누군데? 뭐 들은 거라도 있어?"

"아직까진 말해줄 수 없어. 하지만 한 가지는 확실해. 조만간 결정이 날 거고 넌 예정대로 레드삭스와의 2차전에 등판하게 될 거야."

"오오! 한정훈! 고마워! 정말 그렇게 된다면 내가 근사한 저녁을 쏠게!"

한정훈의 예언은 금세 현실이 되었다.

양키즈와 레드삭스 간의 후반기 첫 시리즈에서 양 팀이 긴급 트레이드를 발표한 것이다.

양키즈가 데려온 투수는 좌완 라몬 에르난데스와 우완 클레이 라이트. 공교롭게도 토미 존 서저리 수술을 받고 아직까지 제 기량을 완벽하게 회복하지 못한 투수들이었다.

이 두 투수를 데려오는 대가로 양키즈는 양키즈 팜의 선발급 투수 3명과 야수 1명을 내주었다. 아직도 리빌딩을 끝내지 못한 양키즈가 이미 탄탄한 전력을 갖추고 있는 레드삭스에게 줄 수 있는 건 유망주들뿐이었다.

[양키즈-레드삭스, 2 대 4 트레이드 단행!]
[브라이언 캐시 단장, 불펜진 보강을 위해 트레이드 추진했다고 밝혀!]

주요 언론은 앞다투어 양키즈와 레드삭스 간의 트레이드 사실을 보도했다. 그러면서 어느 팀에 더 유리한지를 놓고 부지런히 계산기를 두드렸다.

물론 뉴욕 언론과 보스턴 언론은 서로 자신들에게 유리한 트레이드라며 목소리를 높였다.

"젠장, 뭐가 어떻게 된 거야?"

"이 녀석들 둘 다 팔꿈치 수술을 받았잖아! 이거 비싼 돈 들여서 레드삭스의 폐기물들을 받아온 거 아냐?"

갑작스러운 트레이드 발표에 양키즈 스타디움도 술렁거렸다. 아무래도 양키즈가 영입한 투수들이 수술 경력이 있다 보니 팬들은 기대감보다 우려감을 먼저 드러냈다.

하지만 한정훈은 에이스로서 빨간 양말을 벗고 핀 스트라이프로 갈아입은 두 투수를 앞장서서 환영해 주었다.

"라몬, 클레이. 잘 왔어. 양키즈에서 잘해보자고."

한정훈의 환영 인사에 라몬 에르난데스와 클레이 라이트의 표정이 밝아졌다. 언론에서도 환영받지 못하는 분위기라 내심 마음을 졸였는데 양키즈의 에이스가 반겨주니 한결 마음이 놓인 것이다.

그중에서도 라몬 에르난데스는 마치 오랜 친구라도 만난 것처럼 한정훈의 옆에 찰싹 달라붙었다.

"한정훈, 오랜만이야. 날 기억해?"

"그럼, 한국이 이긴다고 했을 때 날 무섭게 노려보던 네 표정을 어떻게 잊겠어?"

"하하, 그건 잊어 달라고. 그땐 네가 이렇게 대단한 투수인지 몰랐으니까."

"어쨌든 잘 왔어, 라몬. 수술은 잘 된 거지?"

"물론이지. 난 멀쩡해. 그러니까 양키즈가 날 데려온 거고."

"그래, 그런데 선발 자리를 꿰차려면 경쟁이 치열할 텐데 괜찮겠어?"

한정훈이 슬쩍 라몬 에르난데스의 속내를 떠봤다. 구단 측에서 라몬 에르난데스를 불펜 투수로 영입한다고 발표하긴 했지만 정작 라몬 에르난데스도 같은 생각인지 궁금했다.

팀 혹은 개인적인 사정상 선발에서 불펜으로 보직이 바뀌는 건 흔한 일이었다.

마운드에 서는 대부분의 투수가 선발투수가 되길 원하

겠지만 선발투수의 자리는 한정되어 있었다. 그리고 현대 야구에서 누군가는 불펜에서 선발투수의 뒤를 받쳐 줘야만 했다.

과거 16년간 프로 생활을 하면서 한정훈은 선발투수에서 불펜 투수로 옷을 갈아입는 선수들을 숱하게 봐왔다. 하지만 그들 중 불펜에 정착해 제 몫을 다해내는 선수는 손에 꼽혔다. 선발투수였던 몸과 마음가짐을 하루아침에 불펜 투수로 바꾸기가 쉽지 않은 탓이었다.

한정훈은 혹시라도 라몬 에르난데스가 마지못해 불펜 전향을 받아들인 것은 아닐까 걱정이 됐다. 하지만 다행히도 라몬 에르난데스는 선발에 대한 욕심을 일찌감치 접은 상태였다.

"정훈, 나는 양키즈의 마무리 투수가 될 거야."

"마무리 투수?"

"그래, 이건 비밀인데…… 양키즈는 내가 아롤디르 채프먼을 대신해 마리아 리베라의 후계자가 되길 원하고 있어."

"마, 마리아 리베라?"

"그래, 그러니까 조금만 기다려. 내가 곧 비어 있는 뉴 코어 4의 빈자리를 채워줄 테니까."

"하하, 그래. 기다리고 있을 테니까 열심히 해봐."

한정훈이 멋쩍게 웃으며 라몬 에르난데스를 격려했다. 설마하니 라몬 에르난데스가 저렇게 밝고 쾌활한 성격일 줄은 미처 예상하지 못한 것이다.

한편으로는 구단의 협상 능력에 감탄했다. 지금껏 선발로만 뛰어왔던 라몬 에르난데스를 불펜으로 전향시키는 게 쉽지 않았을 텐데 며칠 사이에 마리아 리베라의 잠재적인 후계자로 세뇌시킨 걸 보니 괜히 양키즈가 아니라는 생각이 들었다.

하지만 대놓고 뉴 코어 4를 운운하는 건 살짝 민망했다.

양키즈의 영원한 캡틴 에릭 지터.

양키즈의 수호신이자 메이저리그 올타임 세이브 리더 마리아 리베라

양키즈의 안방마님 호르에 포사다.

양키즈의 좌완 에이스 앤디 패티스.

양키즈의 황금 시기를 이끌었던 이들 넷을 가리켜 양키즈 팬들은 코어 4라 불렀다. 그리고 새로운 양키즈 왕조를 열어줄 뉴 코어 4를 기다려 왔다.

한정훈이 양키즈에 입단하기 전까지 수많은 유망주가 뉴 코어 4의 멤버로 오르내렸다. 하지만 그들 중 누구도 뉴 코어 4 멤버로 낙점받지 못했다. 양키즈의 레전드로 거듭난 코어 4의 발자취를 따라잡기가 쉽지 않은 탓이었다.

한정훈이 입단한 이후에도 양키즈 팬들은 뉴 코어 4 찾기

를 멈추지 않았다. 이미 대다수의 팬은 한정훈을 앤디 패티스의 계보를 잇는 뉴 에이스로 낙점한 상태였다.

그 외 남은 세 자리는 아직까지 공석으로 남아 있었다. 일부 팬들은 보직을 배제하고 하리모토 쇼타를 뉴 코어 4의 두 번째 투수 멤버로 인정하자는 의견을 내놓았지만 아직까지 양키즈 팬들의 반응은 유보적이었다.

그런데 뜬금없이 라몬 에르난데스가 마리아 리베라의 뒤를 이어 뉴 코어 4가 되겠다고 선언해 버렸다.

보직도 바꾸고 열심히 해보겠다는 라몬 에르난데스의 의지를 모르는 바 아니었지만, 한정훈은 솔직히 낯간지러웠다.

코어 4도 겨우 참아줄 정도인데 뉴 코어 4라니. 뉴욕의 야구단을 배경으로 한 전대물의 주인공이 되어버린 기분이었다.

"그나저나 정아는 시구 준비를 잘하고 있으려나?"

한정훈은 발걸음을 돌려 실내 연습장으로 향했다. 때마침 정아는 다나카 마스히로와 함께 투구 연습에 열중하고 있었다.

"모모코는 어디 있지?"

잠시 정아를 지켜보던 한정훈이 습관처럼 모모코를 찾아 시선을 돌렸다.

그리 멀지 않은 곳에서 모모코는 자신의 키만 한 방망이를 든 채 낑낑거리고 있었다. 제법 운동 신경이 있는 정아와는 다르게 운동과는 담을 쌓아서인지 방망이를 쥐는 법도 휘두르는 모습도 전부 엉성하기만 했다.

"야구복을 입고 있어도 귀엽네."

한정훈의 입가를 타고 흐뭇한 미소가 번졌다. 핀 스트라이프를 입은 정아가 세련된 느낌이라면 모모코는 확실히 여성스러웠다. 마치 야구를 배경으로 한 만화영화 속 여자 주인공이 툭 하고 튀어나온 것 같은 느낌이었다.

"앗! 정훈 오빠!"

한정훈을 발견한 모모코가 서툰 한국어로 소리쳤다. 그 소리도 어찌나 귀엽던지 한정훈은 자신도 모르게 모모코에게 다가갈 뻔했다.

하지만 한정훈은 이내 발걸음을 붙잡았다. 자신을 특별하게 여기고 있는 모모코에게 더 이상 여지를 주면 안 될 것 같다는 생각이 든 것이다.

'모모코, 이 오빠를 용서하렴.'

한정훈이 가볍게 웃으며 손을 흔들어 보였다. 그렇게 하면 모모코도 자신의 마음을 알아줄 것이라 여겼다.

그러나 한정훈이 자신을 지켜보고 있다는 사실만으로도 들뜬 모모코는 다시 스윙 연습에 빠져들었다. 한정훈과 하리모토 쇼타에게 폐를 끼치지 않기 위해서라도 제대로 된 시타를 선보이고 싶었다.

모모코의 스윙 소리가 매서워지자 정아도 이를 악물고 투구 연습에 매진했다. 주변에서 둘의 연습을 지켜보던 선수들이 하나같이 혀를 내두를 정도였다.

하지만 연습한 것에 반의반도 나오지 않는 게 바로 시구와 시타였다.

"앗!"

너무 긴장한 나머지 공을 패대기쳐 버린 정아와 그 공을 쫓아 타석을 벗어나 버린 모모코.

"메이저리그 역사에 길이 남을 흥미진진한 시구와 시타를 보여준 두 아가씨에게 박수를 보내주세요!"

장내 아나운서의 능청스러운 멘트에 양키즈 스타디움이 웃음바다로 변했다. 그렇게 최고의 시구와 시타를 향한 정아와 모모코의 도전은 흑역사로 남게 되었다.

─오늘부터 지구 선두인 레드삭스를 홈으로 불러들여 3연전을 치르는데요. 이번 시리즈, 어떻게 보시나요?

─양키즈에게는 지구 선두에 도전할 수 있는 중요한 시리즈입니다. 화면에도 나오지만, 레드삭스와 양키즈는 현재 6경기 차이거든요. 만약 양키즈가 이번 시리즈를 싹쓸이

한다면 레드삭스와의 격차를 3경기까지 줄일 수 있습니다.

─3경기면 충분히 따라잡을 수 있는 격차인데요.

─그렇습니다. 하지만 반대로 레드삭스가 이번 시리즈를 쓸어 담는다면 양 팀 간 격차가 9경기 차이로 벌어지는 것은 물론이고 와일드카드 경쟁에서도 뒤처지게 될 겁니다.

─양키즈 조지 지라디 감독도 세 경기를 전부 이기면 좋겠지만 현실적인 목표는 2승 1패라고 말했는데요.

─하리모토 쇼타와 한정훈이 1, 3차전에 등판하는 만큼 그 두 경기에서 승리를 챙기겠다는 이야기 같습니다.

─한정훈이 3차전에 선발 등판하면서 한정훈의 등판 일정이 또다시 바뀌었는데요.

─기존의 선발 로테이션을 밀고 가기에는 레드삭스에게 밀린다고 판단한 것 같습니다. 실제 레드삭스는 이번 시리즈에 1, 2, 3선발이 나란히 등판하니까요.

─반면 3선발인 다나카 마스히로는 이번 시리즈에 등판이 어려운데요.

─지난 원정 등판 때 다나카 마스히로의 손가락에 물집이 잡혔다고 합니다. 심각한 부상은 아닌 만큼 다음번 오리올스와의 홈 4연전에 등판할 수 있을 것으로 보입니다.

시즌 초부터 아메리칸리그 동부 지구 선두를 유지해 왔던 레드삭스는 전반기의 선발 로테이션 그대로 후반기를 맞이했다. 반면 양키즈는 다나카 마스히로의 손가락 부상으로 인해 투수 로테이션에 구멍이 난 상태였다.

본래 순번대로라면 하리모토 쇼타-다나카 마스히로-테너 제이슨의 순서였다. 하지만 레드삭스가 1, 2, 3선발을 내세우고 다나카 마스히로가 빠지면서 조지 지라디 감독도 특단의 조치를 내렸다. 또다시 한정훈의 등판 일정을 앞으로 당겨온 것이다.

선발 로테이션을 무시한 한정훈의 등판 소식에 레드삭스 존 헤럴 감독은 양키즈가 내일이 없는 경기를 펼치고 있다며 비아냥거렸다.

그러나 조지 지라디 감독은 눈 하나 까딱하지 않았다. 한정훈을 혹사시킨다는 일각의 주장도 일축했다. 한정훈의 레드삭스전 등판은 올스타전 이전에 결정된 것이며 올스타전 선발 등판 이후 4일간의 휴식일을 보장한 만큼 체력적으로 아무런 문제가 없다는 것이었다.

오히려 조지 지라디 감독은 올스타전 이후 사흘 만에 선발로 등판하는 하리모토 쇼타의 컨디션을 걱정했다.

올스타전에서 0.1이닝 동안 공 4개를 던지고 마운드에서 내려오긴 했지만, 그 여파가 오늘 경기에 영향을 미칠지도 모른다고 불안해했다.

그러나 정작 하리모토 쇼타는 올스타전 0.1이닝 등판의 한을 풀기라도 하듯 경기 초반부터 100mile/h의 포심 패스트볼을 내던지며 레드삭스 타자들을 압도했다.

4회 2사 이후 안타를 내주기 전까지 레드삭스의 강력한 타선을 11타자 연속 범타로 돌려세웠다. 이후 실점 위기 상황에서도 삼색마구를 적극적으로 활용하며 레드삭스 타자들의 방망이를 이끌어냈다.

7이닝 5피안타 2실점. 탈삼진 11개.

양키즈 관중들의 기립 박수가 쏟아질 만큼 완벽에 가까운 피칭이었다.

반면 레드삭스의 선발 에두아르 로드리게스는 1회부터 실점하며 경기를 어렵게 만들었다. 선두 타자 브라이언 리와 2번 타자 비비 그레고리우스를 잘 잡아놓고 3번 타자 제이크 햄튼을 몸에 맞춘 공으로 내보낸 게 실수였다.

심적으로 흔들리는 에두아르 로드리게스의 초구가 한복판으로 몰리자 4번 타자 그린 버드는 망설이지 않고 방망이를 휘돌렸다. 그리고 그린 버드의 방망이 중심에 걸린 타구는 그대로 담장 밖으로 사라져 버렸다.

양키즈 타자들은 3회에도 브라이언 리의 빠른 발을 적극적으로 활용해 추가점을 뽑아냈다. 사사구로 출루한 브라이언 리가 도루와 패스트볼로 2루와 3루를 훔친 뒤 제이크 햄튼의 2루수 앞 땅볼 때 홈을 밟아버린 것이다.

에두아르 로드리게스가 내려간 7회와 8회에도 각기 한 점을 추가한 양키즈는 최종 스코어 5 대 1로 레드삭스를 누르고 시리즈 첫 승을 거두었다.

전반기에 11승을 올린 하리모토 쇼타는 라이벌 레드삭스를 상대로 메이저리그 데뷔 시즌 목표였던 12승째를 올리며 후반기를 기분 좋게 시작했다.

양키즈와 레드삭스의 2차전은 팽팽한 투수 맞대결로 펼쳐졌다. 아버지인 렌디 제이슨이 지켜보는 가운데 마운드에 오른 테너 제이슨은 7이닝 5피안타 1실점으로 레드삭스 타선을 틀어막았다. 6회 중심 타선에게 홈런포를 얻어맞은 걸 제외한다면 나무랄 데가 없는 피칭이었다.

그러나 양키즈는 1차전과 달리 쉽게 승기를 잡아오지 못했다. 레드삭스의 선발 데이브 프라이스의 노련한 피칭에 좀처럼 타이밍을 맞추지 못한 것이다.

데이브 프라이스가 마운드를 내려간 8회 말 레드삭스 불펜진을 두드려 한 점 차 역전에 성공한 양키즈는 경기를 마무리 짓기 위해 마무리 투수 아롤디르 채프먼을 내세웠다. 이때까지만 해도 양키즈의 시리즈 스윕 시나리오는 충분히 실현 가능해 보였다.

하지만 아롤디르 채프먼이 아웃 카운트 두 개를 잘 잡아놓고 동점 홈런을 얻어맞으며 경기는 다시 원점으로 변했다. 이후 연장 14회 초에 나온 홈런에 양키즈는 2 대 3, 한 점 차로 2차전을 내주고 말았다.

1승 1패.

잠시 줄어들었던 양 팀 간의 격차가 다시 6경기 차이로 늘어난 상황에서 에이스 한정훈이 마운드에 올랐다.

94장
인연(2)

–오늘 양키즈의 선발투수는 한정훈입니다.

　–에이스의 등판이죠.

　–레드삭스를 잡기 위해 양키즈가 투수 로테이션을 다시 한 번 조정했는데요.

　–하지만 레드삭스를 우습게 봐서는 안 됩니다. 한정훈이 양키즈 스타디움에서 선발 등판한 경기 중 가장 많은 실점을 한 상대가 바로 레드삭스니까요.

　레드삭스 중계진은 5월 경기를 들며 레드삭스 타자들이 호락호락 물러나지는 않을 것이라고 전망했다.

　실제 첫 맞대결에서 한정훈은 9이닝 동안 피안타 4개를 내주며 2실점했다. 레인저스 원정 여파로 인해 컨디션이 정상이 아니었다고는 하지만 레드삭스가 한정훈의 홈경기 평균 자책점을 대폭 높여놓았다는 사실은 부정하기 어려웠다.

그날 경기에서 레드삭스 타자들은 8회에만 안타 3개를 몰아치는 집중력을 과시했다. 경기 초반 한정훈의 투구 수를 최대한 늘려 힘을 빼놓는다는 계획이 어느 정도는 성공한 것이었다.

그래서 레드삭스 존 헤럴 감독은 이번에도 선수들을 불러 모아 한정훈을 끈질기게 물고 늘어지라고 강조했다.

"지난 5월을 생각해. 그때처럼만 하면 한정훈을 양키즈 스타디움에서 무너뜨릴 수 있다고!"

레드삭스 선수들은 저마다 고개를 끄덕거렸다. 한정훈이 로키스 원정에서 시즌 첫 패배를 당하기 전까지 그를 가장 힘들게 만들었던 게 바로 자신들이었다는 사실을 다시 한 번 머릿속에 각인시켰다.

"한정훈의 공은 대부분 스트라이크존을 통과해. 그러니까 스트라이크존을 좁게 그리라고."

"큰 스윙은 의미가 없어. 한정훈의 공이 워낙 빠르니까 배트 중심에 정확하게 맞추기만 해도 장타를 만들어낼 수 있다고."

"한정훈의 공은 회전이 좋아서 홈 플레이트 근처에서 더

뻗는 듯한 느낌이라고. 그러니까 느낌보다 한 타이밍 빨리 방망이를 휘둘러. 그래야 공을 건드릴 수 있어."

한정훈을 상대로 안타를 때려냈던 레드삭스 중심 타자들은 다른 선수들에게 한정훈의 공을 고르는 노하우를 전하기도 했다.

특히나 메이저리그 선수들 중 유일하게 한정훈을 상대로 5할의 타율을 기록 중인 4번 타자 모렐 카스티요는 자신의 방망이를 빌려주겠다며 선심을 쓰기까지 했다.

그 모습들이 중계 카메라를 통해 화면에 잡혔다.

─어제 역전승을 거두어서일까요. 레드삭스 더그아웃의 분위기가 확실히 밝아 보입니다.

─레드삭스 입장에서는 불안 불안했겠죠. 만약 어제 경기마저 내줬다면 레드삭스는 시리즈 스윕을 걱정해야 했을 테니까요.

─그런 점에서 레드삭스에게는 운이 좋은 경기였습니다. 반면 양키즈에게는 아쉬운 경기였죠.

─한 점 차 승부였던 만큼 아롤디르 채프먼에게 모든 책임을 물을 수는 없겠지만 모렐 카스티요와의 승부 때 조금 더 집중했으면 어땠을까 싶습니다.

─오늘 경기장 어딘가에서 아버지 랜디 제이슨과 함께 경

기를 지켜볼 테너 제이슨도 상당히 아쉬웠을 것 같습니다.

　─테너 제이슨이 메이저리그 복귀 이후 처음으로 아버지인 랜디 제이슨이 경기장을 찾아왔으니까요. 아버지에게 성장한 모습을 보여주고 싶다는 인터뷰를 본 것 같은데 좋은 기회가 무산되고 말았습니다.

　─그래도 승패를 떠나 잘 던졌습니다. 7이닝 동안 한 점밖에 내주지 않았으니까요.

　─테너 제이슨이 이대로만 자리를 잡아준다면 하리모토 쇼타와 함께 강력한 좌완 선발 라인을 이룰 수 있을 것 같습니다.

　마크 앨런과 호르에 포사다가 테너 제이슨을 칭찬하는 동안 중계 화면을 통해 어제 테너 제이슨의 호투 장면이 빠르게 스쳐 지났다. 그리고 잠시 후 중계 카메라가 관중석 어딘가를 비추었다.

　─저기 있네요. 어제 경기 멋진 투구를 보여주었던 테너 제이슨과 메이저리그의 레전드, 랜디 제이슨입니다.

　─랜디 제이슨, 은퇴한 지 12년이 지났는데 여전히 다부져 보입니다. 과연 빅유닛다워요.

중계 카메라에 이어 구장 카메라도 랜디 제이슨 부자를 비추었다. 그러자 양키즈 스타디움 곳곳에서 함성과 박수가 터져 나왔다.

랜디 제이슨은 자리에서 일어나 자신을 반겨주는 팬들에게 웃으며 손을 흔들어줬다. 하지만 그것도 잠시. 인사가 끝나자 언제 그랬냐는 듯 무뚝뚝한 얼굴로 자리에 앉았다.

"좀 웃어요. 카메라가 언제 찍을지 모른다고요."

테너 제이슨이 짓궂게 놀렸다. 그러나 랜디 제이슨은 코대답도 하지 않았다. 오랜만에 만난 아들과 말장난을 주고받을 만큼 그는 다정다감한 성격이 아니었다.

"쓸데없는 소리 그만하고 하던 이야기나 마저 하자."

"나 참, 그 이야기를 꼭 여기서 해야 해요?"

"그럼? 언제 하자는 거야?"

"오늘 선발이 한정훈이라고요. 아버지도 한정훈의 경기를 보고 싶어 하셨잖아요."

"한정훈의 경기는 TV를 통해 빠지지 않고 보고 있어."

"쳇. 제 경기나 좀 그렇게 챙겨 보시라고요."

"잘 던져야 보지. 매번 5회만 되면 흔들리는데 무슨 재미로 보란 말이냐?"

랜디 제이슨이 못마땅하다는 투로 말했다. 자신과는 달리 투구 수가 80구를 넘어가면 구위가 급격히 떨어지는 테너 제이슨의 피칭을 보고 있자면 속에서 열불이 날 지경이었다.

그러나 테너 제이슨은 아버지의 질책에 짜증보다 웃음이
났다.

"그래도 제 경기를 챙겨 보긴 한다는 소리네요?"

"크흠, 가끔씩 한정훈 경기를 착각해서 보는 것뿐이야."

"거짓말 마요. 한정훈은 1선발이고 난 4선발인데 그걸 어
떻게 헷갈려요?"

"시끄러워! 어쨌든 집으로 들어와. 멀쩡한 집 놔두고 쓸데
없이 호텔에서 돈 쓰지 말고."

랜디 제이슨은 냉큼 화제를 돌렸다. 카메라가 자신을 잡기
전까지 그는 테너 제이슨에게 집으로 들어오라고 권유하는
중이었다.

메이저리그에서 은퇴한 이후 사진작가로 제2의 인생을 살
면서 랜디 제이슨은 뉴욕으로 집을 옮겼다. 뉴욕뿐만 아니라
미국 이곳저곳에 집이 많았지만, 지금은 아예 뉴욕에서 눌러
살다시피 하고 있었다.

게다가 랜디 제이슨의 집은 양키즈 스타디움과 가까웠다.
과거 야구 선수가 사용하던 집이라 간단한 투구 연습 공간도
갖추고 있었다.

이 정도면 테너 제이슨에게 더없이 훌륭한 조건이었다.
하지만 정작 테너 제이슨은 다시 랜디 제이슨과 함께 살 마

음이 눈곱만큼도 없었다.

"싫어요. 집에 가면 또 잔소리할 거잖아요."

"잔소리라니. 그게 어째서 잔소리야?"

"만날 이거 해라, 이건 하지 마라. 그런 소리 듣는 거 지겹다고요."

"그럼 프로 선수가 되어서 밤새도록 술 퍼마시고 여자들 끼고 파티나 벌이는 걸 두고만 보란 말이냐?"

랜디 제이슨이 기다렸다는 듯이 예전 이야기를 들먹였다. 테너 제이슨이 난잡한 사생활로 언론의 도마 위에 오른 게 한두 건이 아니었다.

그러자 테너 제이슨이 억울하다는 표정을 지었다.

"그게 언제 적 이야기예요? 요즘은 안 그래요."

"요즘은 안 그런다고?"

"당연하죠! 그랬음 진즉 뉴스에 났을걸요?"

"그럼 상관없겠네. 네 말마따나 내가 잔소리할 일 자체가 없을 테니까."

"아, 싫어요. 싫다고요. 왜 자꾸 들어오래요? 전 호텔이 편해요."

"왜? 호텔에 있으면서 또 누구를 불러들이려고?"

"거참, 아니라니까요. 그리고 방을 나 혼자 쓰는 게 아니에요. 브라이언 리하고 마르쿠스 키엘하고 같이 지낸다고요."

"그 브레이브스에서 트레이드된 선수들?"

"그래요. 공평하게 나눠서 객실료를 내고 있는데 여기서 내가 빠지면 다른 선수들의 부담이 커질 거라고요."

"뭘 쓸데없는 걱정을 하고 그래? 나는 상관없으니까 다 데리고 들어와. 방은 많다."

"아버지!"

"나도 한때 핀 스트라이프를 입었었는데 열심히 하려는 선수들을 돕는 건 당연한 거지."

"아, 몰라요. 그 이야기는 다음에 해요."

테너 제이슨이 지친다며 고개를 돌렸다. 그러자 랜디 제이슨도 잠시 숨 고르기에 들어갔다.

하지만 둘은 서로를 원망하지 않았다. 어쩌다 의견 일치를 보는 경우를 제외하고 늘 이런 식이었기 때문이다.

과거 랜디 제이슨이 잔소리를 늘어놓은 건 테너 제이슨이 잘되길 바라서였다. 주변의 기대감에 짓눌려 제 실력을 발휘하지 못하는 테너 제이슨을 아버지로서 바른 길로 이끌어야 한다는 의무감을 주체하지 못한 결과였다.

테너 제이슨이 랜디 제이슨을 피해 집을 떠난 것도 랜디 제이슨의 잔소리보다 자신의 부진한 모습에 실망하는 랜디 제이슨을 보고 싶지 않아서였다.

만약 테너 제이슨이 아버지의 그림자에 짓눌려 자신의 재능을 썩힌 채 살아왔다면 아마 지금처럼 나란히 앉아 야구를 지켜보는 일은 일어나지 않았을 것이다.

그러나 4년간 한국에서 용병 생활을 성실히 끝마친 뒤 우여곡절 끝에 핀 스트라이프를 입고 5선발 경쟁에서까지 살아남은 지금이라면 사정은 다를 수밖에 없었다.

테너 제이슨은 지금까지 13경기에 선발 등판해 5승 3패, 평균 자책점 3.41을 기록하고 있었다.

기록에 비해 승운이 따르지 않는 편이었지만 전반기가 끝나고 양키즈 언론들은 테너 제이슨에게 B+라는 평점과 함께 양키즈의 4선발로 존재감을 보여주었다고 총평했다.

트레이드 당시 팀 케미스트리를 깨뜨리는 암적인 존재라는 표현까지 서슴지 않았던 걸 감안했을 때 엄청난 호평이나 다름없었다.

덕분에 랜디 제이슨도 한결 가벼워진 마음으로 테너 제이슨의 경기를 지켜볼 수 있게 됐다.

메이저리그 주축 선수로 살아남으려면 아직 갈 길이 멀긴 했지만 지금처럼 자신에게 주어진 길을 가다보면 언제고 랜디 제이슨의 아들이라는 꼬리표는 떼어낼 수 있을 것 같았다.

그래서 랜디 제이슨은 테너 제이슨을 다시 집에 들이고 싶었다. 지금이라면 프로시절 자신의 노하우를 전부 가르쳐 줘도 될 것 같았다.

그런 랜디 제이슨의 속마음을 테너 제이슨도 모르는 게 아니었다. 하지만 이제 겨우 제힘으로 걸음마를 떼기 시작했는데 다시 부모의 품속에서 편히 야구를 하고 싶지 않았다.

"모처럼 야구장에 왔으니 아버지가 그토록 좋아하는 한정훈이나 보자고요."

어색한 분위기를 달래듯 테너 제이슨이 말을 돌렸다. 자연스럽게 렌디 제이슨의 시선도 마운드에 오른 한정훈을 향해 움직였다.

마운드에 올라온 한정훈은 특별한 루틴 없이 곧바로 연습 투구에 들어갔다.

퍼엉!

묵직한 미트 소리가 경기장을 울릴 때마다 관중들의 입에서는 탄성이 터져 나왔다. 흡사 대포알 같은 포구음이 레드삭스 타선을 초토화시키겠다는 한정훈의 의지처럼 느껴진 것이다.

"오늘도 컨디션은 좋아 보이는군."

한정훈의 연습 투구를 유심히 살피던 랜디 제이슨도 고개를 주억거렸다.

올스타전 때문에 등판 간격이 불규칙해지면서 투구 밸런스가 흐트러지면 어쩌나 걱정했는데 역시나 몸 관리를 제대로 하고 나온 것 같았다.

"진짜 저 녀석은 괴물이에요."

테너 제이슨도 한정훈을 바라보며 혀를 내둘렀다. 무려 다섯 시즌 동안이나 한정훈과 한솥밥을 먹다 보니 직접 보지 않아도 한정훈이 얼마나 혹독하게 자기관리를 해왔을지 눈에 훤히 그려질 지경이었다.

그렇게 한정훈의 연습 투구에 정신이 팔린 사이 레드삭스의 1번 타자 무키 베스가 타석에 들어섰다.

—무키 베스에게는 신경 써서 공을 던져야 합니다. 정교함은 물론 장타력까지 갖춘 타자입니다.

—지난 경기에서는 한정훈이 4타수 무안타로 승리를 거두었지만 무키 베스가 최근 타격 상승세인 만큼 한정훈도 제구에 신경을 써야 할 것으로 보입니다.

경기 시작과 동시에 양키즈 중계진이 무키 베스 주의보를 발동했다. 3할 2푼 4리의 타율에 12개의 홈런, 거기에 17개의 도루까지 무키 베스는 결코 만만하게 볼 수 없는 타자였다.

"저 녀석, 짜증 나는 녀석이에요."

테너 제이슨도 입술을 깨물었다. 바로 어제 무키 베스에게 안타 하나와 사사구 하나를 내준 게 갑자기 떠오른 모양이었다.

"너한테만 짜증 나는 녀석이겠지."

랜디 제이슨이 피식 웃었다. 예전에는 안타를 맞으면 운이 나쁜 거고 삼진을 잡아내면 실력이라고 떠들어 대던 테너 제이슨이었는데 지난 5년 사이에 많이 성숙해졌다는 생각이 들었다.

그때였다.

딱!

한정훈의 초구가 들어오기 무섭게 무키 베스가 기습 번트를 시도했다. 다행히 백네트 쪽으로 넘어가는 파울이 되긴 했지만 조금만 방망이 아래쪽에 맞았더라도 위험할 뻔했다.

"저 바보 같은 녀석! 집중했어야지!"

순간 철렁했던 가슴을 진정시키며 테너 제이슨이 이맛살을 찌푸렸다. 누군가를 지칭하지 않았지만, 그의 시선은 여전히 한정훈을 향해 고정되어 있었다.

평소 한정훈은 초구를 신중하게 던지기로 유명했다. 지금까지 19경기를 치르면서 초구 안타를 허용한 적은 손에 꼽힐 정도였다.

그만큼 타자들의 빈틈을 철저히 파고드는 한정훈이 레드삭스와의 경기에서, 그것도 아버지인 랜디 제이슨이 지켜보는 경기에서 초구를 한복판에 던졌다는 게 이해가 가질 않았다.

하지만 랜디 제이슨은 오히려 흥미롭다는 반응이었다.

"저게 과연 실투였을까?"

랜디 제이슨이 까끌까끌한 수염을 매만지며 중얼거렸다. 그러자 테너 제이슨이 당연하다며 목소리를 높였다.

"당연히 실투죠. 한가운데로 몰렸잖아요?"

"한가운데로 공이 들어가면 실투라. 재미있는 논리구나."

"그럼 저게 실투가 아니란 소리예요?"

"글쎄. 다음 공을 지켜보면 알겠지."

랜디 제이슨이 마운드에 시선을 고정한 채로 중얼거렸다. 그 순간 한정훈이 투수판을 박차고 앞으로 튀어 나갔다.

후아앗!

총알처럼 날아간 공이 또다시 홈 플레이트 한가운데를 파고들었다.

"윽!"

또다시 번트 자세를 취했던 무키 베스가 흠칫 놀라며 몸을 피했다. 다소 높게 들어온 공이 위협구처럼 느껴진 것이다.

그러나 구심은 가볍게 팔을 들어 올렸다. 오늘 자신이 염두에 두었던 스트라이크존의 가장 높은 코스를 통과했다고 판단했다.

"이게 스트라이크라고요?"

무키 베스가 잠시 항의해 봤지만 구심의 판정은 달라지지 않았다.

"젠장할."

무키 베스는 짜증을 내며 타석을 벗어났다. 기습 번트를 통해 한정훈을 흔들어 놓을 생각이었는데 아무것도 하지 못하고 순식간에 투 스트라이크에 몰리고 말았다.

그 모습을 지켜보던 랜디 제이슨이 그럴 줄 알았다며 고개를 끄덕였다. 반면 테너 제이슨은 여전히 불안함을 감추지 못했다.

"오늘 한정훈의 컨디션이 좋지 않아 보이는데요?"

"왜? 또다시 공이 한가운데로 들어가서?"

"무키 베스는 펀치력이 있는 타자라고요. 만약 번트를 노리지 않았다면 장타로 이어질 만한 코스였어요."

"무키 베스에 대해서 그렇게 잘 아는 녀석이 한정훈의 피칭을 이해하지 못한 거냐?"

"그게 무슨 말이에요? 이해하지 못하다니요?"

"어제 TV에 네 번이나 나오더구나. 무키 베스의 핫 존이 말이다."

"아, 그거요?"

테너 제이슨이 뒤늦게 코치가 전해 준 무키 베스의 정보를 떠올렸다.

핫 존이라 불리는 코스별 타격표에서 무키 베스는 통산 타율로 3할을 바라보는 타자답게 몸 쪽 바깥쪽 가리지 않고 강한 면모를 보여주었다.

심지어 스트라이크존을 벗어난 공마저도 잘 때려냈다. 오죽했으면 투수들이 던질 데가 없다고 고개를 내저을 정도였다.

물론 그렇다고 해서 무키 베스가 모든 코스에 강한 건 아니었다. 한복판으로 들어오는 공과 그보다 조금 높은 코스에 있어서는 약한 모습을 보여주었다.

지난 시즌과 올 시즌을 통틀어 무키 베스의 스트라이크존 한가운데로 들어오는 공에 대한 타율은 0.142(1/7), 그리고 스트라이크존 한가운데보다 높게 형성된 공은 0.167(1/6).

하지만 코치는 그 코스는 머릿속에서 지우라고 조언했다. 무키 베스를 상대로 한복판에 공을 던질 수 있는 투수가 몇이나 되겠냐며 통계로서의 가치가 없는 정보에 현혹되지 말라고 강조했다.

테너 제이슨도 코치의 의견에 공감했다. 누적 타수가 제법 쌓였다면 몰라도 합쳐 봐야 13타석밖에 안 되는 기록을 두고

도박을 할 수는 없는 노릇이었다.

더욱이 무키 베스의 스트라이크존 한가운데 낮은 쪽 코스의 타율은 0.293(27/92)에 달했다. 패스트볼 상대 타율이 0.289(11/38), 변화구 상대 타율이 0.296(16/54)로 어느 구종이든 잘 공략해 냈다.

'무키 베스가 펀치력이 있으니까 다들 한가운데로 공을 던지지 못하는 거야. 장타를 의식하다 보니 한가운데 사인이 들어와도 낮게 던졌겠지. 그런데 무키 베스는 그걸 3할 가까이 때려냈잖아?'

테너 제이슨은 코치의 조언대로 무키 베스와의 승부에서 한복판 코스를 배제시켰다. 괜히 데이터를 믿고 가운데에 집어넣었다가 장타라도 얻어맞을까 봐 철저하게 제구에 신경 써서 공을 던졌다.

그러나 한정훈은 달랐다. 초구부터 한복판에 찔러 넣더니 2구째는 한가운데 높은 코스를 공략해 스트라이크를 잡아냈다.

"그럼 내가 잘못한 거예요?"

잠시 고심하던 테너 제이슨이 다시 랜디 제이슨을 바라봤다. 그러자 랜디 제이슨이 대답 대신 마운드 쪽으로 턱짓을 했다. 누군가에게 물어 쉽게 답을 구하기보다 테너 제이슨아 직접 보고 느끼고 깨닫길 바란 것이다.

테너 제이슨도 이내 마운드 쪽으로 고개를 돌렸다.

그 순간.

팟!

한정훈의 손끝에서 새하얀 공이 튕겨 나갔다.

후웅!

무키 베스도 다급히 방망이를 휘둘렀다. 한정훈이 경기 초반에 던지는 공 대부분이 스트라이크존에 걸쳐 들어오는 만큼 공을 고를 여유가 없어진 것이다.

하지만 홈 플레이트를 향해 빠르게 날아든 공은 마지막 순간 뚝 하고 떨어지며 포수 미트 속에 빨려 들어갔다.

퍼엉!

묵직한 포구음과 함께 구심이 온몸으로 삼진을 알렸다. 맥없이 헛스윙을 하고 만 무키 베스는 고개를 절레절레 흔들며 더그아웃으로 몸을 돌렸다.

"후우…… 이번에도 가운데 코스였어요."

순식간에 끝나 버린 승부 속에서 테너 제이슨이 길게 한숨을 내쉬었다. 아무리 투 스트라이크를 잡았다지만 한정훈이 3구까지 한가운데로 던질 줄은 예상하지 못한 반응이었다.

"너라면 어떻게 던졌을 것 같으냐?"

타자가 교대되는 틈을 이용해 랜디 제이슨이 물었다.

"글쎄요."

테너 제이슨은 쉽게 대답하지 못했다. 솔직히 이번 승부는 초구와 2구째에 이미 완성이 된 것이나 다름없었다. 한정훈이 3구째 승부를 피하고 4구에 승부를 걸었다고 해서 결과가 달라질 것 같지는 않았다.

"저는…… 한정훈처럼 무키 베스를 요리할 자신이 없어요."

테너 제이슨이 솔직하게 말했다. 한정훈이 보여준 투구는 지금 자신의 수준으로는 평가하기가 어려워 보였다.

예전과는 확실히 달라진 테너 제이슨의 모습에 랜디 제이슨은 흐뭇함을 감추지 못했다. 테너 제이슨이 정신만 차려도 좋겠다는 심정으로 한국에 보냈는데 철이 들어도 너무 들어 버렸다.

그래서일까.

"한정훈은 지난 경기에서 무키 베스에게 강했더구나. 한 경기뿐이지만 무키 베스와의 심리전에서 앞선 셈이지. 팀의 리드오프로서 출루를 성공시켜야 하는 무키 베스는 한정훈이 부담스러웠을 거다. 그래서 기습 번트 작전을 준비했던 거고 한정훈은 무키 베스의 평소와는 다른 움직임만으로 그 사실을 알아챈 거지."

랜디 제이슨은 평소답지 않게 테너 제이슨이 이해할 수 있도록 상황을 설명하기 시작했다.

"한정훈은 어떻게 기습 번트를 댈 거라고 안 거죠?"

"말했잖아. 지난 경기에서 무키 베스에게 강했으니까 무키 베스가 뭔가를 준비할 거라고 예상했겠지."

"그러니까 그냥 예상이 맞아떨어진 거라고요?"

"너는 놓쳤을지 모르지만 무키 베스가 평소보다 3유간을 오래 주시했지. 내색하지 않으려 해도 무의식적으로 번트를 댈 만한 공간을 파악한 거야."

"그럼 한정훈은 왜 한가운데로 공을 던졌는데요?"

"그야 무키 베스가 한가운데 공에 약하니까."

"그건 데이터로서 가치가 없잖아요."

"이 세상에 가치가 없는 데이터는 없다. 그런 생각 자체가 잘못된 거야."

"젠장."

테너 제이슨이 입술을 깨물었다. 그렇다고 랜디 제이슨 앞에서 코치를 욕보일 수는 없는 노릇이었다.

하지만 한정훈이 단순히 데이터 하나만 믿고 한가운데로 공을 던진 건 아닐 거라고 생각했다. 자신에게 데이터를 건네준 코치가 한정훈에게도 똑같은 조언을 했을 테니 말이다.

그 점에 대해서는 랜디 제이슨도 같은 생각이었다.

"물론 한정훈도 초구부터 한가운데로 던질 생각은 없었겠지. 평소처럼 몸 쪽 포심 패스트볼을 머릿속에 그렸을 거다."

"그럼 무키 베스가 번트를 대려고 해서 사인을 바꾼 거라고요?"

"아마 무키 베스의 움직임은 아담 앤더슨이 먼저 알아챘겠지. 그래서 한정훈에게 역으로 찔러보자는 의미에서 한가운데 공을 요구한 거고."

"그걸 한정훈은 군말 없이 받아들인 거네요?"

"그래, 아담 앤더슨이야 데이터를 참고했겠지만, 한정훈은 한가운데 포심 패스트볼을 던졌을 때 무키 베스가 당황해하는 모습까지 염두에 뒀던 거겠지."

"한가운데 공인데…… 당황해요?"

"한정훈의 구위가 부담스러워 번트 작전을 꺼내들었는데 막상 공이 한복판으로 날아온다고 생각해 봐라. 얼마나 고민스럽겠니?"

"하지만 무키 베스는 결국 번트를 댔잖아요."

"그래, 한정훈이 한복판으로 던진 공은 결과일 뿐이니까. 네 생각처럼 실투였던 것도 아니고 밋밋하게 날아든 것도 아니지. 말 그대로 목적구였으니까 무키 베스 입장에서도 번트 작전을 강행할 수밖에 없었겠지."

"파울이 난 거는요?"

"잠시나마 주저했던 결과겠지. 그리고 한가운데로 오는 공은 생각만큼 번트를 성공시키기가 쉽지 않아."

"아……."

테너 제이슨이 그제야 고개를 주억거렸다. 단순히 랜디 제이슨의 추측일 수도 있지만, 메이저리그 레전드인 아버지가 말도 안 되는 억측을 늘어놓고 있다는 생각은 들지 않았다.

오히려 2구째 승부에서도 무키 베스가 재차 번트를 노렸던 상황까지 이해가 갔다. 초구 승부의 실수를 만회하기 위해 무키 베스가 재차 번트를 노려봤지만, 한정훈이 이번에도 한 수 위의 피칭을 선보인 것이다.

'그렇게 투 스트라이크를 잡아놓고 나서 마지막에는 무키 베스가 좋아하는 코스로 공을 던지다니. 역시 한정훈이야.'

한정훈을 향한 테너 제이슨의 두 눈에 감탄이 어렸다. 본래부터 한정훈이 잘난 투수라는 걸 알고 있었지만 랜디 제이슨의 설명까지 듣고 보니 한정훈이 더욱 대단하게 느껴졌다.

그사이 한정훈은 2번 타자 샌드 보가츠와 3번 타자 마크 에르난데스를 각각 삼진과 유격수 앞 땅볼로 돌려세우고 이닝을 끝마쳤다.

아웃 카운트 세 개를 잡아내는 데 필요한 투구 수는 고작 8개.

―한정훈, 오늘도 변함없는 구위를 뽐냅니다.
―흐음, 레드삭스 타자들에게 인내가 필요할 것 같네요.

한정훈의 컨디션 난조를 내심 바랐던 레드삭스 중계석이 침울하게 변했다.

반면 양키즈 중계진은 격앙된 목소리를 감추지 못했다.

─마크 에르난데스가 몸 쪽 공을 힘껏 잡아당겨 봤지만 먹힌 타구가 나왔습니다.

─몸 쪽 공에 강한 타자인데요. 한정훈이 초구에 바깥쪽 꽉 찬 스트라이크를 던진 게 주효했습니다.

─치지 않았으면 볼 판정을 받았을 수도 있었을 텐데요.

─하지만 마크 에르난데스의 눈에는 몸 쪽에 걸쳐 들어오는 것처럼 보였을 겁니다. 한정훈도 그걸 노리고 몸 쪽으로 공을 던진 것이고요.

─그렇군요. 그런데 마크 에르난데스에게는 조금 빨리 승부를 걸었다는 느낌이 듭니다.

─아마 한정훈은 지난 경기를 염두에 두었을 겁니다. 레드삭스 타자들이 끈질기게 투구 수를 늘리면서 경기 막판에 2실점을 했으니까요.

─같은 실수를 되풀이하지 않으려 한다는 이야기로군요.

─마크 에르난데스는 투 스트라이크 이후 스트라이크존에 들어오는 공을 툭툭 쳐 내며 자신이 노리는 공을 기다리는 스타일이니까요. 지금처럼 승부할 수 있을 때 승부를 보는

편이 현명했다고 생각됩니다.

양키즈 중계진이 한정훈의 투구를 되짚어 보는 동안 공수가 교대됐다. 그리고 한정훈을 대신해 레드삭스의 선발투수 조 케인리가 마운드에 올랐다.

-레드삭스의 조 케인리입니다. 올 시즌 7승과 평균 자책점 2.85를 기록하고 있습니다.

-한정훈처럼 패스트볼 위주로 승부를 거는 투수죠. 올 시즌 패스트볼 구사 비율이 무려 70%에 달합니다.

-다만 조 케인리는 포심 패스트볼보다 투심 패스트볼을 더 자주 사용하는데요.

-조 케인리의 투심 패스트볼은 빠르고 위협적입니다. 최고 구속이 100mile/h에 육박하니까요. 양키즈 타자들도 타석에서 집중할 필요가 있어 보입니다.

조 케인리를 상대하기 위해 양키즈의 1번 타자 브라이언 리가 타석에 들어섰다.

전반기 브라이언 리의 타율은 0.285. 트레이드를 통해 핀스트라이프를 입고 리드오프의 중책을 맡은 것치고는 나쁘지 않은 성적이었다.

하지만 올스타 브레이크로 타격 흐름이 끊기면서 후반기 두 경기에서 단 하나의 안타도 때려내지 못하고 있었다.

─브라이언 리, 안타가 필요한 상황입니다.
─조바심이 나겠지만 조금 더 차분히 공을 지켜봐야 합니다.

양키즈 중계진은 브라이언 리가 조 케인리를 통해 후반기 슬럼프에서 벗어나길 바랐다. 그러나 결과는 정반대로 나왔다.

1루수 파울 플라이 아웃.

초구와 2구, 바깥쪽으로 빠져나간 공을 잘 골라내 놓고 3구째 몸 쪽 높게 들어온 투심 패스트볼을 건드렸다가 맥없이 물러나고 만 것이다.

2번 타자 비비 그레고리우스도 초구에 유격수 앞 땅볼로 물러났다. 거의 한복판으로 몰려 들어온 포심 패스트볼을 보고 비비 그레고리우스가 힘껏 방망이를 휘둘렀지만 애석하게도 방망이 안쪽에 공이 맞아버렸다.

양키즈 입단 이후 배드볼 히터로 진화 중인 3번 타자 제이크 햄튼은 말할 필요조차 없었다. 초구에 큼지막한 파울 홈 런을 때려낸 뒤 2구째 들어온 커터를 힘껏 잡아당겨 3루수 앞 땅볼로 물러났다.

타구가 제법 무서워 3루수 트레비 쇼가 펌블을 하긴 했지만 제이크 햄튼이 채 반도 내달리지 못한 걸 확인하고는 여유롭게 1루에 송구해 이닝을 마무리 지었다.

─아쉽네요. 조 케인리의 제구가 흔들리고 있었는데요.
─어쨌든 조 케인리는 공 6개만으로 아웃 카운트 세 개를 올리는 데 성공했습니다.

양키즈 중계진은 절로 한숨을 내쉬었다. 점수를 내야 하는 양키즈 타자들이 도리어 흔들리는 조 케인리를 도우며 한정훈의 호투를 무색하게 만들었으니 답답함이 가시질 않았다.

연장 접전 끝에 패배한 어제 경기에서도 양키즈 타선은 14이닝 동안 단 4안타밖에 때려내지 못했다.

유일하게 득점을 올린 8회도 시원시원한 안타 쇼가 터져 나온 게 아니었다. 내야 안타 하나를 포함해 사사구 하나와 상대 실책성 플레이를 묶어 겨우 두 점을 쥐어짜 낸 것뿐이었다.

그렇다 보니 연장 승부 내내 양키즈 타자들은 힘을 쓰지 못했다. 그리고 그 무기력한 모습이 오늘 경기 초반까지 이어지고 있었다.

이 분위기가 이어질 경우 한정훈의 부담은 가중될 수밖에 없었다. 어제 경기를 허무하게 내준 상황에서 오늘 경기까지 패배한다면 8월이 끝나기 전에 와일드카드를 확보하겠다는 양키즈 구단의 계획도 수포로 돌아갈 가능성이 컸다.

-한정훈, 잠깐 땀만 닦아내고 다시 마운드에 오릅니다.

-선두 타자가 지난 경기에서 한정훈에게 2개의 안타를 때려낸 모렐 카스티요인데요.

-공식적으로는 모렐 카스티요가 한정훈 상대로 가장 높은 타율을 기록하고 있는데요.

-고작 한 경기 결과일 뿐입니다. 개인적으로 오늘 경기가 끝난 이후에도 모렐 카스티요가 그 기록을 유지하기란 쉽지 않을 거라 생각합니다.

양키즈 중계진은 한정훈이 모렐 카스티요에게 시원한 복수를 해주길 기대했다. 반면 레드삭스 중계진은 모렐 카스티요가 한정훈 공략의 선봉에 설 것이라고 예언했다.

-올 시즌 0.962의 OPS를 기록 중인 모렐 카스티요입

니다.

─벌써 18개의 타구를 담장 밖으로 넘겼죠?

─후반기에 강한 타자니까요. 올 시즌 40홈런 이상도 충분히 가능하다고 생각합니다.

─어쩌면 후반기 첫 홈런이 오늘 경기에서 나올 것 같은 생각이 드는데요.

─확실히 모렐 카스티요는 패스트볼에 정말 강한 타자니까요. 지난 경기에서도 한정훈을 상대로 안타 하나와 2루타 하나를 때려냈습니다.

─한정훈을 상대로 가장 좋은 타격감을 보여주고 있는 만큼 이번 타석에서도 뭔가 보여주리라 기대해 봅니다.

양 팀 중계진의 엇갈리는 예측 속에서 한정훈이 초구를 내던졌다.

후아앗!

바람 소리와 함께 날아든 공이 몸 쪽 꽉 찬 코스를 훑고 지났다.

"스트라이크!"

구심이 망설이지 않고 팔을 들어 올렸다. 그러자 모렐 카스티요가 구심을 한 번 바라보고는 보란 듯이 고개를 흔들어 댔다.

"아슬아슬했나요?"

테너 제이슨도 덩달아 고개를 갸웃거렸다. 스트라이크존을 스친 것 같았는데 모렐 카스티요의 반응을 보니 살짝 빠진 듯한 기분도 들었다.

그러자 랜디 제이슨이 피식 웃어 보였다.

"들어왔다."

"역시 그렇죠?"

"구심의 동작만 봐도 알 수 있지."

"그런데 모렐 카스티요는 왜 저렇게 불만스러워하는 거죠?"

"꼭 구심의 판정에 대한 불만이라고 확신하지는 마라. 스스로에 대한 불만일 수도 있고 한정훈을 속이기 위한 기만행위일 수도 있어."

"한정훈을 속이려 한다고요?"

"초구에 몸 쪽 공을 던졌는데 타자가 도저히 못 치겠다는 표정을 보이면 투수 입장에서는 다시 중요한 순간에 몸 쪽에 붙이고 싶어질 거야. 하지만 타자가 오히려 그 공을 노리고 있었다면 상황은 정반대가 되겠지."

"그럴 수도 있겠네요. 그런데…… 그런 뻔한 수작질에 한정훈이 걸려들까요?"

"그랬다면 이제 막 메이저리그에 데뷔한 투수가 올스타전에서 선발로 등판하는 일은 없었겠지."

랜디 제이슨의 말이 떨어지기가 무섭게 한정훈이 2구를 내던졌다. 그런데 그 공이 초구와 똑같은 코스로 날아들었다.

'젠장할!'

순간 모렐 카스티요의 얼굴이 와락 일그러졌다. 3구, 혹은 4구째나 들어올 것이라고 생각한 공이 2구째 연달아 날아들 줄은 예상하지 못한 것이다.

퍼엉!

모렐 카스티요가 망설이는 사이, 공은 곧장 홈 플레이트를 스쳐 지나 포수 미트 속에 파묻혔다.

"스트라이크!"

이번에도 구심은 망설이지 않고 팔을 들어 올렸다.

"그렇지!"

"바로 그거야!"

양키즈 팬들은 한정훈이 모렐 카스티요를 힘으로 몰아붙이고 있다며 함성을 내질렀다. 하지만 테너 제이슨의 눈에는 모렐 카스티요가 제 꾀에 스스로 넘어간 듯한 느낌이 들었다.

"이번 공은 못 친 걸까요, 아니면 안 친 걸까요?"

"둘 다다."

"안 친 게 아니고요?"

"몸 쪽 공을 노리긴 했지만 2구째는 아니었겠지. 그건 너무 뻔하잖아."

"……?"

"한정훈은 평균 8이닝을 던진다. 모렐 카스티요는 최소 세 타석 이상 한정훈을 상대해야 하지. 그런데 자신이 몸 쪽 공을 노리고 있다는 걸 처음부터 알려줄 필요가 있을까?"

"한정훈이 마지막까지 헷갈리도록 자신의 노림수를 숨긴다는 말인가요?"

"결국 야구는 투수와 타자 간의 수 싸움이야. 내가 무엇을 노리는지 들키는 순간 지고 말지. 하지만 상대를 끌어들이려면 어느 정도 정보를 흘려줘야 해. 그래야 상대도 해볼 만하다고 생각할 테니까."

"그럼 한정훈은 일부러 몸 쪽 공을 던진 거로군요?"

"그렇지. 하지만 모렐 카스티요가 방망이조차 내밀지 못한 것으로 봐서는 생각보다 더 좋은 공이 들어왔을 가능성이 커."

랜디 제이슨의 예상처럼 모렐 카스티요는 좀처럼 타석에 들어서지 못했다. 구심이 몇 차례 재촉했지만, 모렐 카스티요는 방망이까지 바꿔가며 시간을 끌었다.

'젠장, 타이밍이 안 맞는데.'

모렐 카스티요는 머릿속이 복잡했다. 지난 경기에서 2루타를 때려냈던 그 공을 노리고 타석에 들어섰는데 초구는 물론이고 2구째 공도 생각보다 빠르게 홈 플레이트를 지나가 버렸다.

만약 오늘 한정훈의 컨디션이 좋아서 몸 쪽 공이 잘 들어오는 거라면 이대로는 어려웠다. 잘 맞춰봐야 땅볼이 나올 코스를 노려봐야 아무런 의미가 없었다.

'바깥쪽 코스를 노리자.'

한참 만에 타석에 들어서며 모렐 카스티요는 속으로 노림수를 변경했다. 초구에 이어 2구까지 몸 쪽으로 들어온 만큼 3구째는 바깥쪽으로 형성될 가능성이 컸다.

'일단 패스트볼 타이밍에 맞춰서 휘둘러 보자.'

모렐 카스티요가 방망이를 단단히 움켜쥐었다. 경기 초반 한정훈의 패스트볼 비중이 95%까지 높아지는 걸 감안하면 나쁘지 않은 선택이었다.

하지만 정작 한정훈이 내던진 공은 또다시 몸 쪽을 향해 날아들었다.

'젠장할!'

공의 코스를 확인한 모렐 카스티요가 빠르게 방망이를 휘둘렀다. 제 타이밍에 공을 맞추기란 어려운 만큼 공이 홈 플레이트에 도착하기 전에 먼저 걷어내 버릴 생각이었다.

그러나 포심 패스트볼처럼 날아들던 공은 마지막 순간에 뚝 하고 떨어져 버렸다.

'스플리터!'

뒤늦게 공의 정체를 알아챈 모렐 카스티요의 얼굴이 와락 일그러졌다. 3구 연속 몸 쪽 승부로도 모자라 스플리터라니. 한정훈에게 완전히 농락당한 기분이었다.

"크아악!"

모렐 카스티요는 악을 내지르며 방망이를 멈춰 세우려 했다. 하지만 이미 홈 플레이트를 한참 지나 버린 방망이를 붙잡아 봐야 아무런 소용이 없었다.

"스트라이크, 아웃!"

모렐 카스티요의 처절한 몸부림이 끝나기도 전에 구심이 삼진을 선언했다.

"대단하군, 대단해."

숨 막히는 대결을 지켜본 랜디 제이슨의 입에서도 절로 탄성이 터져 나왔다.

한정훈의 공격적인 피칭은 수도 없이 봐서 잘 알고 있었다. 하지만 3구 연속 같은 코스로 레드삭스의 4번 타자를 잠재워 버릴 거라고는 솔직히 예상하지 못했다.

"정말 대단하죠?"

테너 제이슨도 혀를 내둘렀다. 랜디 제이슨의 감탄을 떠나 한정훈의 피칭은 언제 보더라도 환상적이었다.

'녀석.'

랜디 제이슨은 자신을 옆에 두고도 한정훈에게 푹 빠져 있는 테너 제이슨이 밉지 않았다. 오히려 다행이라 여겼다. 평생 아버지의 그림자에 치여 사는 것보다 자신만의 목표를 두고 달려가는 편이 백번 나은 일이었다.

랜디 제이슨도 그린 매덕스나 로저 클레멘트, 페더러 마르티네스 등 당대 최고의 투수들과 경쟁하며 메이저리그 레전드의 반열에 올라섰다.

만약 그들이 없었다면 랜디 제이슨도 30세가 넘어 찾아온 전성기를 오래 유지하지는 못했을 것이다.

랜디 제이슨의 시선이 다시 한정훈에게 향했다. 4번 타자 모렐 카스티요에 이어 5번 타자 재키 브래디 주니어마저 삼진으로 돌려세우는 한정훈의 압도적인 피칭은 테너 제이슨의 지침서가 되기에 충분해 보였다.

다만 한 가지 걱정스러운 점은 한정훈의 수준이 지나치게 높다는 점이었다.

테너 제이슨이 지치지 않고 끝까지 한정훈을 따라잡으려 노력한다면 다행이겠지만 그러지 못하고 중간에 포기해 버린다면 이도저도 아닌 결과로 이어질 수 있었다.

'그렇게 되지 않도록 내가 옆에서 도와야겠지.'

랜디 제이슨이 이내 고개를 주억거렸다. 메이저리그 최고의 좌완 투수 중 한 명으로 꼽히는 레전드가 아니라, 야구를 먼저 시작한 아버지로서 테너 제이슨에게 해줄 일이 있다는 게 다행스러웠다.

그러는 사이 한정훈은 6번 타자 트래비 쇼까지 삼진으로 돌려세우며 이닝을 마쳤다.

2이닝. 무피안타 무실점. 5K.

"그렇지!"

"좋아! 에이스! 그렇게만 던지라고!"

양키즈 스타디움이 다시 한 번 들썩거렸다.

팽팽하던 0의 행진이 깨진 건 6회 말.

선두 타자로 나선 9번 타자 로비 래프스나이더가 유격수 옆을 꿰뚫는 시원한 안타를 때려내면서부터 시작됐다.

"젠장맞을!"

투 스트라이크를 잡아놓고 내던진 승부구가 얻어맞자 조 케인리는 흥분을 감추지 못했다. 가뜩이나 타자들이 한정훈에게 꽁꽁 틀어 막혀 있는 상태에서 선두 타자를 출루시켰으니 기분이 좋을 리가 없었다.

"샌드! 집중 좀 해! 일본 녀석에게 삼진을 두 개나 먹더니 정신이 나간 거야?"

조 케인리가 유격수 샌드 보가츠를 향해 소리쳤다. 비록 안타가 되긴 했지만, 공은 아슬아슬하게 샌드 보가츠의 글러브를 스쳐 지났다. 샌드 보가츠가 조금만 일찍 타구를 판단하고 움직였다면 충분히 잡아낼 만한 타구였다.

조 케인리는 샌드 보가츠의 안이한 플레이가 타석에서의 부진 때문이라고 여겼다. 한정훈의 공에 맥없이 삼진을 당하고 있으니 수비가 잘될 리 없다고 단언했다.

그러자 샌드 보가츠도 지지 않고 목소리를 높였다.

"네가 한정훈이었다면 나도 편하게 수비했겠지. 그리고 한정훈은 한국인이라고, 멍청아."

한정훈의 호투 속에 양키즈 내야진들은 편하게 수비를 하고 있었다. 한정훈은 18개의 아웃 카운트 중 무려 11개를 제 힘으로 잡아냈다. 거기다 내야 파울 플라이를 4개나 유도해냈다.

남은 3개의 타구 중 외야로 간 것은 단 하나. 나머지 두 개는 유격수 앞 땅볼과 1루수 앞 땅볼이었다.

양키즈의 유격수 로비 래프스나이더는 1회 이후 타구를 받아본 적이 없었다.

반면 샌드 보가츠의 사정은 달랐다. 투구 수가 늘어날수록 조 케인리의 공이 가운데로 몰리면서 3유간 강습 타구만 벌써 6개나 날아들고 있었다.

그 6개의 타구 중 샌드 보가츠는 5개를 잡아내고 하나를 빠뜨렸다. 물론 6개의 타구를 전부 다 처리하면 더 좋았겠지만, 안타성 타구를 두 개나 막아낸 만큼 수비에서는 제 몫을 다했다고 자부했다.

내야수들 힘든 건 생각하지 않고 자꾸 몰리는 공을 던져 대는 조 케인리에게 비난받을 이유는 없다고 여겼다.

"뭐? 지금 말 다 했어?"

한정훈과의 비교에 격분한 조 케인리가 샌드 보가츠를 향해 몸을 돌렸다.

"먼저 시비를 건 건 너야!"

샌드 보가츠도 더는 참지 않겠다며 조 케인리를 향해 손가락질했다.

"그만둬!"

"경기 중에 뭐 하는 거야!"

놀란 내야수들이 달려 나와 둘을 뜯어말렸다. 3루수 트레비 쇼의 만류에 샌드 보가츠도 자신의 자리로 돌아갔다.

하지만 조 케인리는 좀처럼 흥분을 감추지 못했다.

"젠장! 저 빌어먹을 자식이 내 경기를 망치고 있다고!"

이대로 경기를 내주면 모든 게 샌드 보가츠 때문이라며 악담을 퍼부어 댔다.

보다 못한 존 헤럴 감독이 나와 조 케인리와 샌드 보가츠를 불러 세웠다. 그리고 억지로 화해를 시켰다.

한정훈의 등판 경기는 미국 전역으로 생중계되는 경우가 많았다. 오늘도 마찬가지. 이런 형편없는 모습을 미국, 아니, 전 세계의 레드삭스 팬들에게 보여주고 싶지 않았다.

"경고야. 여기까지만 해. 더 이상 소란을 피웠다간 둘 다 경기에서 빼버릴 거야."

존 헤럴 감독의 으름장에 조 케인리와 샌드 보가츠는 마지못해 글러브를 부딪쳤다. 그렇게 로비 래프스나이더의 안타로 촉발된 분란이 수습되는 것처럼 보였다.

그러나 1번 타자 브라이언 리가 2구째 기습 번트를 시도하면서 상황이 다시 꼬였다.

"1루!"

투수 앞으로 타구가 구르자 포수 블랭크 스위트하트가 1루를 가리켰지만, 맨손으로 공을 잡은 조 케인리가 무작정 2루를 향해 공을 던져 버린 것이다.

탁!

처음부터 높았던 송구는 슬라이딩하는 2루수를 피해 움직이던 샌드 보가츠의 글러브를 맞고 뒤로 흘러나갔다.

다행히 중견수 무키 베스가 앞으로 달려 나오면서 추가 진루를 막아냈지만, 그 정도로는 조 케인리의 분노가 가라앉지 않았다.

"못 봐주겠군."

조 케인리가 또다시 샌드 보가츠에게 시비를 걸려들자 존 헤럴 감독이 다시 마운드에 올랐다. 그리고 그 자리에서 조 케인리의 공을 빼앗아버렸다.

"끝났군."

경기를 지켜보던 랜디 제이슨이 나직이 중얼거렸다. 아직 스코어는 0 대 0인 상황이었지만 오늘 경기에서 레드삭스가 승리를 거둘 가능성은 완전히 사라진 듯한 느낌이었다.

조 케인리를 대신해 갑작스럽게 마운드에 오른 칼 스미스는 2번 타자 비비 그레고리우스에게 번트를 내어주고 아웃 카운트를 하나 챙겼다.

하지만 3번 타자 제이크 햄튼에게 선불리 몸 쪽 승부를 걸다가 펜스를 직격하는 장타를 내주고 말았다.

뒤이어 4번 타자 그린 버드에게 홈런을 얻어맞으면서 경기를 완전히 내주고 말았다.

―아아.

―맞지 말아야 할 홈런을 맞고 말았습니다.

관중석 상단에 떨어지는 큼지막한 타구를 바라보며 레드삭스 중계진은 실망감을 감추지 못했다.

2 대 0도 버거운데 점수가 4 대 0까지 벌어졌다. 이곳이

양키즈 스타디움이고 양키즈의 에이스인 한정훈이 마운드에서 버티고 있다는 걸 감안했을 때 레드삭스에게는 절망적인 점수 차이였다.

반면 양키즈 스타디움은 함성이 떠나질 않았다.

"그린! 그린!"

"잘했어! 바로 그거야!"

양키즈 팬들은 후반기 첫 홈런포를 쏘아 올린 그린 버드를 열렬히 환영했다. 한정훈도 더그아웃에서 일어나 그린 버드와 하이파이브를 나누었다.

"정훈, 나도 칭찬해 줘. 내가 결승타를 때렸다고."

한정훈이 그린 버드의 엉덩이만 툭툭 때려준 게 시샘이 났던지 제이크 햄튼이 한정훈 쪽으로 엉덩이를 들이밀었다.

그러자 한정훈이 발 안쪽으로 제이크 햄튼의 엉덩이를 가볍게 걷어찼다. 그와 동시에 선수들의 입에서 웃음이 터져 나왔다.

"크흐흐. 제이크 녀석, 내가 저렇게 될 줄 알았지."

"너 인마, 얼른 병원 가 봐. 항문이 터졌을지도 모른다고."

선수들의 화기애애한 모습에 조지 지라디 감독의 입가에도 웃음이 번졌다. 와일드카드를 차지하고 포스트시즌에 진출하려면 아직 갈 길이 멀었지만, 한정훈이 지금처럼만 중심을 잡아준다면 그 여정이 실패할 것 같지 않았다.

반면 레드삭스 더그아웃은 침통함이 감돌았다. 역전승을 거둔 김에 한정훈까지 잡아내고 2승 1패로 위닝 시리즈를 가져가겠다던 포부는 물거품처럼 사라져 버린 지 오래였다.

"자, 자. 기운 내자고."

"포기하지 마! 한정훈도 이제 슬슬 지칠 거야."

베테랑들이 나서서 선수들을 다독였지만 큰 효과는 없었다. 무엇보다 한정훈이 7회에 이어 8회까지 삼진 퍼레이드를 이어간 탓에 레드삭스 더그아웃의 분위기는 바닥까지 떨어졌다.

그사이 양키즈 타자들은 야금야금 점수를 추가했다. 7회에 연속 2루타가 터지며 한 점. 8회에 제이크 햄튼이 기어코 홈런을 때려내며 또 한 점.

"한정훈, 오늘 경기도 정말 고생 많았어."

점수가 6점까지 벌어지자 조지 지라디 감독이 한정훈에게 다가갔다.

6회에 블랭크 스위트하트에게 빗맞은 안타를 내주며 퍼펙트 행진이 끝이 났고 언론에서 쉬지 않고 에이스를 혹사시킨다고 떠들어 대는 만큼 여유가 될 때 한정훈을 쉬게 해주고 싶었다.

"알겠습니다."

한정훈도 군말 없이 고개를 끄덕거렸다. 체력적인 여유는 충분했지만 그렇다고 고집을 부려 9회에도 마운드를 오를 만한 분위기는 아니었다.

2사 만루까지 이어졌던 8회 말 공격이 끝이 나자 조지 지라디 감독은 라몬 에르난데스를 마운드에 올렸다.

－라몬 에르난데스입니다.

－이번 시리즈 직전에 양키즈로 트레이드된 투수죠?

－점수 차이가 넉넉한 만큼 실전 테스트 차원에서 올린 것 같은데 글쎄요.

－토미 존 서저리 이후 구속과 구위가 상당히 떨어져 있기 때문에 레드삭스에게는 반격의 기회가 될지도 모르겠습니다.

라몬 에르난데스가 등장하자 레드삭스 중계진은 반색을 감추지 못했다. 8회까지 103mile/h(≒165.7km/h)의 포심 패스트볼을 내던지던 한정훈보다 수술 이후 최고 구속이 95mile/h(≒152.8km/h)까지 떨어진 라몬 에르난데스를 상대하는 게 낫다고 여긴 것이다.

그러나 마운드를 물려받은 라몬 에르난데스는 회복이 더뎠던 게 심적인 문제였다는 걸 증명이라도 하듯 초구부터 98mile/h(≒157.7km/h)의 포심 패스트볼을 내던지며 레드삭스 중계진의 기대를 꺾어버렸다.

그리고 8-9-1번 타자를 전부 땅볼로 돌려세우며 양키즈에서의 첫 데뷔전을 멋지게 끝마쳤다.

경기가 끝나고 중계진은 한정훈을 MVP로 뽑았다. 하지만 한정훈이 아이싱을 하느라 시간이 걸리는 탓에 그린 버드와 제이크 햄튼, 그리고 라몬 에르난데스에게 먼저 마이크를 넘겼다.

"한정훈이 마운드에 있으면 마음이 편합니다. 이길 거란 확신이 드니까요. 편한 마음으로 타석에 드니까 좋은 결과가 나왔다고 생각합니다."

"오늘은 에이스인 한정훈이 등판하는 경기잖아요. 중심 타자로서 도움이 되고 싶었습니다. 처음 두 타석 때는 제 자신에게 화가 났지만 그래도 후반에 2루타와 홈런을 쳐 내서 기분이 좋습니다."

"제가 한 일이 있나요. 한정훈과 다른 선수들이 다 끝내놓은 경기였습니다. 저는 그저 한정훈을 대신해 뒷문을 잠근 게 전부예요."

인터뷰에 응한 선수들은 하나같이 한정훈에게 공을 돌렸다. 한정훈이 마운드에서 잘 버텨줬기 때문에 팀이 이길 수 있었다고 말했다.

그러자 뒤늦게 인터뷰를 시작한 한정훈이 그 공을 다시 선수들에게 돌렸다.

"모든 선수가 제 몫을 다해주었습니다. 타자들이 6점이나 점수를 뽑아줘서 편하게 공을 던질 수 있었고요. 양키즈 입단 후 첫 경기라 부담스러웠을 텐데 라몬 에르난데스가 경기를 잘 마무리해 줘서 고맙게 생각합니다."

서로에게 공을 돌리는 훈훈한 인터뷰가 전국적으로 퍼져 나갔다. 그리고 구단 운영에서 한발 물러나 있던 존 스타인브리너 구단주의 귀에까지 들어갔다.

"저 친구, 한번 만나보고 싶어."

TV를 지켜보던 존 스타인브리너 구단주가 혼잣말처럼 중얼거렸다. 그러자 옆에 서 있던 비서가 냉큼 고개를 숙였다.

to be continued

8클래스 마법사의 회귀

인류 최초의 8클래스 마법사 이안 페이지.
배신 끝에 30년 전으로 돌아오다.

설령 세상이 무너지는 한이 있더라도.
상상을 초월한 적이 눈앞에 나타나더라도.
지키고픈 이들을 반드시 지켜낼 수 있는 힘.

'그 힘이 적당할 필요는 없어.'

소중한 이들을 지키기 위한,
8클래스 이안 페이지의 일대기!

강화학개론

빈형 게임 판타지 장편소설

[+15 조보자용 하급 단검 강화를
성공했습니다!]

사고와 함께 찾아온 특별한 능력.
남들이 메인 시나리오 퀘스트를 쫓을 때
한시민은 강화 명당을 찾는다!
가상현실 게임 '판타스틱 월드'에서의 강화를 위한 모험!

"아, 빌어먹을. 9강부터 이 X랄이네."

그 유쾌하고 통쾌한 이야기가 시작된다!

천마사냥꾼

운경 현대 판타지 장편소설

마수가 창궐한 세계.
염동 능력자이자 천마신공의 전수자 적시운.
그가 해야 하는 일은 단 하나.

'살아서 집으로 돌아간다.'

*천마(天魔)[명사]

검은 안식일 이후 지상에
창궐하게 된 마수 무리의 지배자.

*사냥꾼[명사]

사냥하는 자.

Flatter 퓨전 판타지 장편소설

Wish Book

일천회귀록

사내는 강고하게 선언했다.
"다음 삶에서야말로 나는 너를 죽인다."

『기대하지.』

세상과 함께, 사내의 심장이 찢겼다.

20,000년이 넘는 세월을 살아 왔다.
히든 클래스 전직과 비기 획득도 지겨웠다.
모든 것에 지쳐갔다.
마황에게 죽임을 당하는 순간조차도.

바로 오늘, 강윤수는 999번 회귀했다.
죽거나, 죽이거나.

모든 클래스를 마스터한 남자의
일천 번째 삶이 시작된다.